人与人之间的、特别是两性之间的感情关系，是自从有人类以来就存在的。而性爱在最近800年间获得这样的发展和地位，竟成了这个时期中一切诗歌必须围绕着旋转的轴心了。

——恩格斯

吴万良爱情诗精选之一

青春锦书

上册

吴万良 著

天津出版传媒集团
百花文艺出版社

图书在版编目（CIP）数据
青春锦书：上下 / 吴万良著．-- 天津：百花文艺出版社，2025. 2. -- ISBN 978-7-5306-8924-0
Ⅰ．I227.2
中国国家版本馆 CIP 数据核字第 20243LU467 号

青春锦书（上下）
QINGCHUN JINSHU（SHANG XIA）
吴万良　著

出 版 人：薛印胜
责任编辑：魏　青
装帧设计：書點文化
出版发行：百花文艺出版社
地址：天津市和平区西康路 35 号　邮编：300051
电话传真：+86-22-23332651（发行部）
+86-22-23332656（总编室）
+86-22-23332478（邮购部）
网址：http://www.baihuawenyi.com
印刷：四川科德彩色数码科技有限公司
开本：880 毫米 ×1230 毫米　1/32
字数：300 千字
印张：12
版次：2025 年 2 月第 1 版
印次：2025 年 2 月第 1 次
定价：98.00 元（全 2 册）

如有印装质量问题，请与四川科德彩色数码科技有限公司联系调换
地址：成都市郫都区成都现代工业港北片区港北二路 551 号
电话：028-88451797　邮编：610021

序 言

脉脉深情的锦书

王 鹏

前几年常听老乡、同学和同事们说起华池有一个爱写诗的尖子（原名吴万良），诗写得不错，引起了自高中起曾一度狂爱诗歌的我的注意。近水楼台先得月，在华池工作的我，幸运地接触到他发表在《陇东报》《陕甘边》等报刊和网络平台上的诗歌，果然如大家所说，诗的确写得很好！

对于本土人才，我向来是非常支持的，何况后来还和尖子成了同事。听到他要出版作品集，无论如何我都要大力支持一下。我要为他的执着坚持点赞，为他写出的优秀作品点赞！这次，尖子又为我们华池、为我们庆阳争了光！

口说无凭。一个作家能得到人们的支持和认可，当然要靠作品说话。他的两本爱情诗集，用温婉隽永、清新典雅、脉脉深情等词语来形容绝对没错。通读他写的诗歌，我感到有很多独特之处，首先，他的诗词深得我国古典诗词的韵味和精髓，还不乏现代著名诗人的创新意识，无论他写的旧体诗词还是新诗，处处都能找到我国古代及近现代很多诗人的影子，如我国古代的李白、苏轼、李商隐、纳兰性德等，现当代新诗先驱如徐志摩、闻一多、席慕蓉、食指、舒婷，等等。这在他自己写的序里已经做了说明。我要说的是他的诗歌对我国优秀传统文化尤其是传统经典诗歌的传承，譬如赋比兴的表现手法的灵活运用、譬如意境的营造、譬如炼字炼句、譬如押韵，等等，都有不错的体现。例如：“天空中最美的花儿不停地飞／像一群轻歌曼舞的蝴蝶让人陶醉／一个人独自徜徉在美丽的雪里／总是不由自主想起美若雪花的你……（《只想潇潇洒洒爱你一回》）”。通过两个比喻（比的手法）和优美生动的叙述进行铺陈，是我喜欢的样式。作者运用比的手法也可谓信手拈来：“很多的事情／像童年放飞的纸船／随着水流渐飘渐远……（《我愿苦守千年》）”；“行动和时间虽然受到限制／思想却总像脱缰的野马／自由驰骋在宇宙　天涯……（《携手走天下》）”；“你是那明媚的阳光／我就是天空的朵朵水晶／我们的青春相逢／就变成　那绚丽的彩虹……（《青春相逢》）”；“我是夏季的白云／点缀你蔚蓝的天空／我是春天的风／愈合你往日的伤痛……（《一起同行》）”，等等。如果说例二的比喻比较常见的话，例一、例三和例四的比喻却是我第一次见到，例一把“事情”比作“纸船”，例二把“你”比作“阳光”，把“我”比作“水晶”，把“我们的相逢”比作“绚丽的彩虹”，例四把“我”比作“夏季的白云、春天的风”，这三例的喻体“纸船”“阳光”“水晶”“绚丽的彩虹”“夏季的白云、春天的风”都很美，提升了诗的美感，例三的连续比喻仿佛美景重重叠叠，令人目不暇接。

运用兴的手法也很多，如例一（赋、兴混合运用）、例二（赋、比、兴混合运用）、例三（赋、兴混合运用）和比中列举的例四（赋、比混合运用）。体现兴的手法的诗句也有很多，如：“让我献上九十九朵玫瑰／祭奠我们九十九日的别离／也为我们今日的相遇／饮下这最甜蜜的一杯……（《星星作证》）”。通过两个连续的美好事件“九十九朵玫瑰祭奠九十九日的别离”“相遇之后的甜蜜干杯”，引起即将歌咏的“重逢”，通过第二节的进一步铺陈：“让所有的华灯／在夜幕降临的此刻　都缤纷绽放／让所有黑暗的地方／都点上烛光／如果今晚没有月亮／就把我的心拿出／把你的世界的每个角落照亮”，至此，第三小节水到渠成：“让所有的晚风／都送来祝福和温馨／让所有的星星／都擦亮眼睛／为我们今日的重逢／见证　永恒”，整首诗可谓一波三折，通过一系列美好事物、连续的暗喻（灯，暗喻花绽放；心，暗喻月亮照亮）和连续的拟人及互文（第三节）等艺术手法，步步为营、步步推进、步步引人入胜。还有其他诸如拟人、设问、反问、通感等很多修辞手法，不再一一列举。作者营造意境的手法亦很高明。例如：“令箭荷花　满含泪珠／是否为了挽留你不忍分别／高楼巍峨　挡在眼前／可是为了阻止亲爱的你离开／／一声汽笛突然像炸雷那样破空袭来／再次肆意将我的心层层切开／琼楼上那朵云彩和我都万般无奈／不约而同依依挥手与你作别……（《依依惜别》）”，连用两个拟人，通过令箭荷花、泪珠、巍峨高楼和下一节中的云彩，这些好似不相关联的意象的巧妙组合，暗暗织成一张大网，和“我”一起或纷纷阻止“你”离开，或不舍“你”离开，浓烈的惜别之情跃然纸上。这一节，除了拟人的修辞手法，笔者觉得还有既类似双关，又类似象征的修辞手法，即令箭荷花的泪珠，双关或象征“我”的泪珠，高楼挡在眼前，双关或象征“我”挡在眼前。同时我觉得“泪珠”一词用得极好，像珍珠一样的眼泪，不仅美，且令读者联想：“泪珠”怎么来的？也许是晨露，也许是“她”离开时刚刚浇的水。而这一节除了前面分析的拟人、类似双关或类似象征的修辞手法之外，还有隔句互文。“汽笛”既像“炸雷”（明喻），又像“刀”（暗喻）。“琼楼上那朵云彩”“与你作别”又使我想起徐志摩《再别康桥》中的诗句：“轻轻的我走了，正如我轻轻的来；我轻轻的招手，作别西天的云彩。”

对于炼字炼句，我想无论是哪一位诗人都很注重，但是我想说尖子做得似乎出色一些。

这两本爱情诗集共分二十辑，作者选了自己炼句的一些精华，放在每辑前面，如：“芳草又绿　春风无边／这是青春的又一个驿站／无论是恩还是怨／青春的你我　都无悔无憾／／过去的　都留给记忆／未来的　寄希望于明天／让春风吹醒你我／让鲜花　倾诉我们共同的心愿……（《青春驿站》）”“眼前的云烟　遮不住／我们青春凝眸／身后的青山　更衬出／我们青春的锦绣……（《青春邂逅》）”。

诗歌的押韵，从汉语的特点、我国诗歌的传统、诗歌的发展及诗歌的定义等方面来说，都是比较重要的。放眼世界诗歌的发展，欧洲的十四行诗、日本的俳句对押韵也要求较高。从我国诗歌的传承上来说，从《诗经》到屈原的《楚辞》（按楚国方言读是大致押韵的），到秦汉的五言诗、七言诗、杂言诗、歌行，到唐宋的格律诗词，到元曲，从新诗的开拓者胡适的《尝试集》，到新月派及至当代，无不体现着这一优良传统。而我们这位本土诗人尖子深得精髓，在前面列举的诗句中，我们都能体会到押韵的韵律美。正如庞东邦先生评价尖子的诗作时说的那样："坚持押韵，观之眉清目秀，读之朗朗上口。于己而言，这是深层次的自信；于人而言，这是一种贴心的尊重。（庞东邦《青春永远是诗心——序〈青春永远〉》）"

尖子不仅是中国诗歌学会的会员，还是中华诗词学会的会员，他的旧体诗词，也具有相当的水准。写相思的诗句如："未解相思几度春？夕阳又下暗销魂。倚遍栏杆肠欲断，望归云……（《山花子·未解相思几度春》）"；"仙袂桃花相映靓。岁岁相思，岁岁愁千状。今岁花香谁共赏？花开日日空痴望。　五十弦翻倾绝唱。每每黄昏，每每人悲怆。月色三更窥冷帐，举樽犹忆卿模样。（《鹊踏枝·仙袂桃花相映靓》）""最忆樱桃樊素口。那日春寒，轻捋街边柳。别后堪堪三月久，相思不尽抛红豆。　昨夜风狂挟雨骤。彻夜难眠，浊酒长相守。潘鬓沈腰人又瘦，卿知怎解相思扣。（《鹊踏枝·最忆樱桃樊素口》）"……写离别的诗句如："相见常常难兑，却道别离容易。（《如梦令·相见常常难兑》）""砌下落花堆满，谁叹春光匆返？傍晚引离尊，晓月视窗杯乱……（《如梦令·砌下落花堆满》）”。既写相思又写分别的如：“脉脉此情春几度？多少无眠，谁解相思苦？别后佳人无觅处，断肠人倚西窗暮。（《鹊踏枝·澹荡晴空灵鹊舞》）”。

尖子诗作的另外一个重要特色，是不仅写得细腻、缠绵、深情，而且极尽所能展示爱情的无限甜美。如：“多少三百六十五个绚丽的花环／连成我们生生世世最美的心愿／无论何时睁眼都是彼此灿烂的笑脸／无论是谁拉着谁的手都是甜蜜浪漫……（《生生世世的情话》）”“你像红莲在晨雾中静静醒来／我是蜻蜓穿过万水千山觅香采摘／最美的夏天　最美的盛开／美好的世界　为你我彩排……（《此生，只为你而来》）”“春月春花春总艳，处处芬芳，蝶舞不知倦。人面桃花相映现，年年迷醉时时念……（《鹊踏枝·春月春花春总艳》）”“此去关山远，孤篷征北天。彩笺徐展写留言。怎忘昨天相见，依旧画中仙。　常信爱情美，乐观总向前。春来处处美人间。只愿顺随，只愿梦能圆，只愿生生世世，岁岁永缠绵。（《喝火令·此去关山远》）”“处处琼花春烂漫，蜂蝶年年恋。垂柳和莺歌，直醒鸳鸯，戏水涟漪倦。　蒿笋蓼茸春韭煎，美酒夜光盏。沉醉我琼楼，只许情深，永世情缱绻。（《醉花阴·处处琼花春烂漫》）”。作者把爱情写得这么甜美，让我也不禁再次怦然心动、再次无限神往、再次珍惜留恋起来。

在他诸多爱情诗作中，不止表现甜美的意境，还有爱而不得的悲伤，如写双塔凄美的爱情故事的《爱你只有永远》：“只要能和心爱的人儿做神仙般的美眷／就矢志和他生死相恋／胡杨相爱不过三千年／真心相爱却可永远／我们不艳羡荣华富贵果敢斩断所有牵绊／千里寻找心爱的人儿哪管地北天南／出五关翻雪山　穿戈壁过草原／为了心爱的人儿不计任何艰险／福生虔诚向佛已石化佛陀抛却所有执念／我和姐姐瞬间化身双塔陪伴福生到永远……”本诗通过“我”和“姐姐”抛弃荣华富贵、不惧任何艰险、执着追求真爱的凄美故事，给现实中的我们很多启迪。再如写给朋友复婚：“世上只要真爱还在／断了的缘分还可以再续写／人生的理想永远不灭／曾经的雄心依旧那样热烈／只要我们真诚牵手未来／我们的青春爱情依然无比精彩”《只要真爱还在》。还如期望天下有情人终成美眷：“展望世界的飞速发展／不由得想用最先进的智能手段／为像我们一样向往美好爱情的伙伴／打造一座世界最美的爱情花园……”《爱情花园》。

心地善良的尖子，始终以自己独到的笔法，对美好爱情进行深情讴歌。他所写的情诗，不仅美不胜收，而且给人思想启迪，给人很多正能量。他的诗体现了作者对爱情独到的感悟：一是对待爱情，始终都要保持着一颗纯真的心：“不管我能否赢得你的爱情／我对你永远都一样纯真／不管我还要经历多少雨多少风／我依旧毫不犹豫踏上爱你的征程……（《千年的相约》）”“可是我从来也不知道／对你信誓旦旦和你海誓山盟／我只知道　我的心／像大地那样朴实纯厚／像流水那样透明纯真（《我只知道》）”……二是既然真爱对方，就要真诚付出，且不管结局如何，都应无怨无悔：“只要今生和你在一起／历经磨难我无怨无悔（《爱你无怨无悔》）”“这辈子注定我就这么死心塌地／这辈子只迷恋你我才无怨无悔／这辈子我就喜欢傻傻地为你写诗／这辈子我就这么心甘情愿为你流泪（《心甘情愿为你流泪》）”“真爱永远无怨无悔／思念明天还会继续／不管经历多少风多少雨／爱你没有终极　想你不会停息（《把我所有的相思都给你》）”……三是坚定真诚地爱一个人，也一心一意只为一个人写情诗：“我只为你一个人书写爱情的诗章／把我们甜蜜的爱都化成动人的诗行／一百首甚至一千首都不是终极梦想／我要为你写诗直到地老天荒（《只为你一个人写情诗》）”“都说人间是花花世界／无数神仙下凡而来／万丈红尘因你精彩／我的爱情大道只为你而开（《此生，只为你而来》）”……也正因其独到、纯洁、正确的爱情观和优美的诗句受到广大读者的青睐。

当然，尖子的诗作可能还存在这样那样的不足，但在我看来，都是瑕不掩瑜。

最后期望尖子能创作出更多得力佳作，为家乡文艺创作事业再创辉煌业绩！

2024 年 2 月 20 日

我为情题诗

面对爱情，特别是失恋或一段痛苦的恋情，有的人会为此烦恼，但无论曾经我的爱情经历过怎样的痛苦或甜蜜，我都希望用一首首情诗记录下来。天长日久，这些情诗竟然积攒了近400首，我删掉了最早写的几十首不太成熟的古风、平仄不合的一部分词及新诗，尚保留270余首，在整理出版这两本书时又删去了近30首。

初恋时，我除了写情书，就是写情诗，记得最清楚的是第一首情诗，这是一首藏头古风（首字为“我爱某某”），这样的藏头诗由于岁月久远，已经散遗了。保存的最早的爱情诗是收录在我的第一本诗集《青春红云》里的一首《无语的黄昏》：

春花儿越开越艳
冰清的明月儿也渐圆渐明
我们别时的草坪
如今　又是一片浓茵

不知　不知道啊
你如今漂流南北西东

也不知　你何时归程
屈指　几度夕阳红

无语　又渐黄昏
又踏上　那条熟悉的小径
将那曾诉说千百次的祝福
和那颗憔悴的心
依旧　寄给远行的风
期望　吹散你天空的阴云

我想，每个人都希望自己经历最浪漫的爱情。我也是如此，对于爱情，不仅执着追求，而且格外珍惜，总是尽力把自己最真实的感情和经历，通过一首首情诗记录下来，本书就是最好的证明。

除对爱情非常执着外，我对于诗歌的写作，同样痴迷。通过我的不懈努力，收获了读者的大力支持，他们也是我坚持写作的动力。最令我动容的，是我曾不止一次看到有读者抄写我的诗歌，以情诗居多。几位熟人和同事不止一次说起自己在上高中和大学期间，用我的情诗写情书，都被对方识破。还有一次，一位女同事看到我的第一本拙作，说，上高中时，一位追她的男同学就拿着这本书给她看，她没接受，那位男同学红着脸离开，书被另一名男生抢去。她还说，当时这本书很稀缺，男女同学们能看到很不容易（当时只印 1000 册，因印刷质量问题，只赠送售卖极少一部分）……这些无疑都为我带来更大的创作激情和动力。

从准备出版第一本诗集，我就做了一些大胆的探索和尝试，从我国传统古诗词，特别是宋词上大量借鉴，汲取营养。我在现代诗创作中，拜赐名家亦颇多。国内的有徐志摩、闻一多、刘半农、席慕蓉、食指、汪国真、舒婷等新诗先驱，国外的有普希金、勃洛克、雪莱、哈菲兹、荷马、泰戈尔、叶赛宁、勃朗宁夫人等。我的很多诗句都化用他们的名作名句，在我的作品中大都作了注解。

第一本拙作《青春红云》出版一段时间之后，我的思想、精神面貌等有所改观，更加昂扬向上，更具青春朝气，更坚定了对诗歌的不懈追求！从那以后的爱情诗，再少有悲观。我也很喜欢一些民歌或一些新创作的优美的歌词,所以我经常搜集、阅读经典民歌的歌词，也不断从这些歌词中汲取营养。

我的诗歌写作，也得到了一些诗人、诗评家中肯的评论："吴诗，除了在触景生情表达方面有独到之处，他还善于从小入手，写得细致，这也是值得提倡的。其诗作短小精悍，又有些'枪杆子'诗味，一碰即响……中国诗坛又多了一位得力新秀！而且，他起步的步子迈得很好。（尹秀华《青春才华的诗果——序〈青春红云〉》）""妙手挽风华，铁笔著青春！（李银为《青春季节》题词）""这位青春的歌手，用诗歌这种体裁，集中大量的笔墨和篇幅讴歌青春这个主题，而且做到了不雷同，实在难能可贵，他或恣意渲染青春，展示青春缤纷的旋律；或工笔细描生活，赞美生活，甘如醇酒。（马宏伟《青春的歌手——序〈青春季节〉》）""风流不在谈锋健，吴先生的诗从不以逞才炫技示世。虽然他有多方面的能力，在文化产业开发、诗词创作、歌词创作、说唱文学等方面均有建树，但在这部新诗作品里，他没有有意表现这一切。而是真诚地袒露心灵，平和地宣泄心声。用意象说话，既有唐风宋韵，更见现代风采；坚持押韵，观之眉清目秀，读之朗朗上口。于己而言，这是深层次的自信；于人而言，这是一种贴心的尊重。这就是流淌的青春，清风出谷，流水穿林。（庞东邦《青春永远是诗心——序〈青春永远〉》）”“读万良的诗，每首、每辑、每本都充溢着爱和情，这爱是真爱、大爱，这情是真情、纯情，毫不做作，使人好不感动、惊奇、钦佩。（折兴发《我读“青春花季”三部曲》）”……

我的努力是多方面的，但我知道自己做得还不够好，还期待读者朋友的批评指正。

我一直都期望天下有情人终成美眷！一直都期望人们喜欢的爱情诗渊源流传！也一直都期望我这部拙作，读者朋友们提出更多宝贵意见，我将诚恳接受并进一步完善。

2023 年 12 月 3 日于花池

目　录

CONTENTS

第三辑　青春阳光

第四辑　青春倩影

第五辑　青春思念

第六辑　青春凝眸

第七辑　青春诗笺

第八辑　青春花季

第九辑　青春盛宴

第十辑　青春童话

第十一辑　青春激流

第十二辑　青春献诗

第一辑

青春相逢

让所有的华灯
在夜幕降临的此刻　都缤纷绽放
让所有黑暗的地方
都点上烛光
如果今晚没有月亮
就把我的心拿出
把你的世界的每个角落照亮

——《星星作证》

重如千金

我　只怕你听不清
故　一再叮咛
你的每一字　每一顿
我都记得清清
我说的
你可否记在心中

要知道　你是我最心爱的人
所以　我才那样小心谨慎
我也惊呼　我那么大的忘性
如今　记性好得惊人

不过　我不是嫌你善忘
附你的耳朵于我的唇
你就会弄清
我不是不会花样翻新
我不光让你听　那每一字
重若千斤　重如千金
还让你听　我那颗悸动的心
怎样为你狂跳不停

借我半个筋斗云

悟空　恳请借我半个筋斗云
我会即刻腾空
眨眼工夫　就会见到你
我日思夜想的人

什么移动　联通
缩短了时空
对我来说　没有哪样作用
反令我们
想见愈切　相思愈深
每对夜幕重重
又如何让我
挨过今　挨过明

悟空　一定要借我半个筋斗云
不管你是否应允
我的心　早已
跨　水千道

越　山万重

任由泪千滴　情万种

倾情　放纵

千年的情愫

此刻　观众座无虚席
追光灯已瞄准舞台中央
所有的一切都已准备就绪
只等亲爱的你　闪亮登场

已经无数次想象这样热烈的场面
你　亭亭玉立我的眼前
不需要任何壮语豪言
只有两双脉脉深情的眼
迸射千年的思念
恰如电光石火般
将喑哑世界的　激情点燃

从此　东半球与西半球合在一起
白天与黑夜紧密相连
即使导弹氢弹原子弹
也无法将我们　生生隔断

好想和你在一起

好想和你在一起
在这温馨的节日里
我们共同对着流星
默默地说着同一句
——我爱你

好想和你在一起
在这繁花似锦的春天里
我们忘记了周围的一切
心中彼此只有
——我和你

好想和你在一起
一起陶醉在　我们芬芳的青春里
彼此只有缠绵　爱恋
永远　不离不弃

好想好想和你在一起

生生世世在一起

心中彼此只有　我和你

彼此永远说着那一句

我爱你　我爱你

等你想你念你千万年

也许是平时没有私念
因而我们时常还能相见
如今不经意间　你走进了我的心里
想见你一面
却忽然变得千难万难

平生把其他都看得很淡
只把爱情视如金枝玉叶一般
如果你能感觉到这些诗都是为你而写
说明我们今生真的有缘
我会放下手头所有的事情
只为等你想你念你千万年之后的今天
万载难逢的相见

我愿苦守千年

是否　你对我的情感已淡
是否　你已经忘记
曾经对我许下的诺言
流年似水　似水流年
很多的事情
像童年放飞的纸船
随着水流渐飘渐远
可你那娇美的青春容颜
如一张动人的照片
永远　夹在我心中
那漂亮的影集间
那美丽的诺言
更时刻给我
给我勇气和信念
只为那一句
我愿苦守千年
即使　那是一句美丽的谎言
我依然　无悔无怨

爱情天堂

当世界上所有的人都不相信爱情
我依然怀着百倍的信心
坚信爱情的天使
即刻降临

当你用一万个理由将我拒绝
我一定用两万个理由让你相信
我就是上天注定
你要嫁的人

世界上的事情永远没有什么绝对
只要合理　就有希望
就像我们始终坚定正确的方向
并坚定不移地付诸行动
就没有实现不了的理想

就像异性间的相吸相引
只要都真心爱慕对方
始终坚定自己的信念
就会抵达爱情的天堂

没你的日子　全是相思

一定是　上辈子
你是位爱情特使
一定是　你是那下凡的花仙子[①]
看一眼　迷人的芳姿
令我　目醉神痴
一定是　你曾坚持
甜甜蜜蜜　恩爱一世
一定是　若非如此
怎会让我
欠下你无数相思

如今是　这辈子
我注定要偿还
你这位爱情天使
如今是　你还是那娇艳玲珑的花仙子
闭上眼　芬芳的气质
令我　心醉神痴

① 化用我国清代著名小说家李汝珍著《镜花缘》剧情情节。

如今是　我要发誓

蜜蜜甜甜　相爱永世

如今是

没你的日子　全是相思

青春相逢

你是那明媚的阳光
我就是天空的朵朵水晶
我们的青春相逢
就变成　那绚丽的彩虹

彩虹　使天空绚烂
春天　使花朵明艳
我们的青春　像花圃
不需要任何装扮

星星作证

让我献上九十九朵玫瑰
祭奠我们九十九日的别离
也为我们今日的相遇
饮下这最甜蜜的一杯

让所有的华灯
在夜幕降临的此刻　都缤纷绽放
让所有黑暗的地方
都点上烛光
如果今晚没有月亮
就把我的心拿出
把你的世界的每个角落照亮

让所有的晚风
都送来祝福和温馨
让所有的星星
都擦亮眼睛
为我们今日的重逢
见证　永恒

全世界都是你的味道

我要永远向全世界诉说
那种甜蜜而奇妙的感觉
世界年轻隽秀
我们自己装扮的童话雪屋　漂亮暖和

我的青春天使莅临　遍野
都开满晶莹的雪花　芬芳的梅朵
微风拂过
全世界都是你的味道

携手走天下

一次次拿起电话
却不知道该怎么表达
就是拿得起
又怎么能轻易放下

曾经梦想当一名画家
画出世界最美的图画
每次拿起笔　思量良久
无奈　又只能轻轻放下

行动和时间虽然受到限制
思想却总像脱缰的野马
自由驰骋在宇宙　天涯
不由得想向全世界
大声对你说出那句话
亲爱的　牵手吧
我们携手走天下

第二辑

青春光环

人间缠绵无限

怎能够　不令我流连

且乘今夜明月清风

停泊在你温柔的港湾

——《全让你带走》

永远爱你

是千万年的努力
才修来的福气
是伟大的爱神
让我们终于走在一起

我是那样珍惜
永远也不放弃
就算你有许多缺点
在我眼里　你也是百分百的完美

只要和你在一起
春夏秋冬　永远那么美丽
即使没有玫瑰
我心里每天都为你献上一份情人节献礼
我们的爱情　每天都在升级

无需任何标记
我永远爱你　爱你
这七个字
永远相印在我们心灵里

只因我们相遇太过美丽

知道为什么我那么在乎你
只因我们的相遇太过美丽
佛祖说过只有有缘人才能相遇
我坚信一定是我们前世曾为知己
不然为什么我们相见第一面就感到那样熟悉

经历过那么多夏季
我却没有留下丁点粉红色的回忆
就在今年那么拥挤的人群里
我忽然遇到期盼已久又似曾相识的你
就从那天起惊喜甜蜜满满充斥着我的心扉

经历过那么多青春磨砺
我已深深懂得把握机遇倍加珍惜
我再也不会轻言放弃
一定会更加努力再努力
总是不由自主地把我们美丽的相遇
每天播放千百回

我发誓把你美丽的倩影
从此深深印在我的心里

一见钟情从来都不是传奇
我期许已久的美丽相遇
猛然揭开了我们青春的谜底
自从那天起我的激情不断升级
每时每刻每分每秒我都是那么在乎你
只是因为我们的相遇太过美丽

让你多享一份爱

心中有一句话
却始终说不出来
无论有月还是无月的晚上
我都独自徘徊
那条小径　不知多少次
留下我脉脉的情怀

多么想见你啊
见了　却悄悄躲开
不是不想爱你
“怕只怕　爱你
会是一种伤害”[①]

也许　我永远
也得不到你的爱
也许　我爱你

① “怕只怕　爱你会是一种伤害”化用汪国真《默默的情怀》中诗句“怕只怕　爱也是一种伤害”。

你不会躲开

有一句话　会永远

在我的心中存在

愿只愿　让你

让你多享一份爱

如果有去程车票

已经好久没有上街
却常常　独自倚栏
脑海中　时时
浮现你美丽的容颜

独自走在夜幕下
无限孤单
诗笺上　也早已写满了思念
却仍然　无缘与你相见

如果有去程车票
我会即刻踏上东去的列车一往无前
如果我们能即刻相见
我们会　再尝尽爱的缠绵

明天会有一个崭新的太阳

雨后　黄昏初临
青山苍翠欲滴
在这美好的时刻
我们　却要别离

真想　把我们在一起的时光
重新延长
真想　把我们走过的小径
重新布满花香
可那急促的时光　和岁月的匆匆
在这雨后的斜阳里
只有苦涩和徬徨

亲爱的　让我们轻轻地挥一挥手
挥去雾一样的忧伤
踏上征途吧　明天
会有一个崭新的太阳

原当是

为什么　我的心情一直那样乱
横吟不能成诗
竖写不能成篇
在这沉沉的暗夜里
你的身影　总是看不见

原当是　能够与你相遇
此生便充满幸福
谁承想　相遇之后
却更增添　许多离愁

原当是　一次爱个够
此生便再无所求
谁承想　愈爱
愈是爱不够

依旧相信诺言

山也阻　水也断
那隔离已久的消息
已无法再传
该是听从别人劝告
还是再等候　你那句
空口无凭的诺言

不信风　也不信雨
只相信　头顶蓝蓝的天下
那座沉默的山峦
在七月的午夜
合欢花开　芳香充满林间

落英缤纷　雾散后
不管　你是否出现
我依旧相信　你
那句美丽的诺言

无语的黄昏

春花儿越开越艳
冰清的明月儿也渐圆渐明
我们别时的草坪
如今　又是一片浓茵

不知　不知道啊
你如今漂流南北西东
也不知　你何时归程
屈指　几度夕阳红

无语　又渐黄昏
又踏上　那条熟悉的小径
将那曾诉说千百次的祝福
和那颗憔悴的心
依旧　寄给远行的风
期望　吹散你天空的阴云

全让你带走

我真后悔　为什么当初
不道出对你全部的柔情蜜意
我们为今日的重逢欣喜
今宵酒最美
让我们温柔同醉

浓浓的情意还依旧
只有人空瘦
就是再有万般的憔悴
我也不留一丝爱
全让你带走

人间缠绵无限
怎能够　不令我流连
且乘今夜明月清风
停泊在你温柔的港湾

落花满径

你那一双含泪的眼睛
恍惚　总在我的眼前
虽然　我已告别往日
极力回避　我们不再相见

岁月的沧桑
能够改变我们的容颜
但那最初的相遇
却总不能改变
只能是我们自己
是否还能够
经得起风雨的磨炼

似乎　有万语千言
终归无法诉尽
只能铭记心间

如果　你的双眼依旧含泪
在这百花芬芳的春天
你面前的　只能是
落花满径　和枝叶残淡

青春光环

天　是那天的天
我们相遇的
湛蓝而多情的天
地是　那个温柔
温柔而缠绵的房间

虽然　只是邂逅
虽然　相遇那么短暂
难以忘却的
是你青春娇美的容颜

你那灿烂耀眼的青春光环
是我今生甜蜜的思恋
那美好的相遇情结
是我永生　永生的缠绵

厮　守

是前世　分手时的芳草丛
还是今生　重逢时的青青林荫

迷迷蒙蒙　宛若梦中
你　娇俏而又玲珑
鲜艳分明

我真舍不得
这样匆匆分手
就让我们　永生永世
在一起厮守

林荫外
是脉脉的阳光
林荫下
是你青春玲珑的模样

第三辑

青春阳光

多少次　默默地思念

多少次　尽情地狂欢

却永远　挥霍不尽你对我的爱

和我对你　那深深的留恋

——《爱情深深》

依依惜别

谁能告诉我什么是爱
她到底是一种怎样美丽的存在
为什么我们这次分别
心中又像刀割那样撕裂

令箭荷花　满含泪珠
是否为了挽留你不忍分别
高楼巍峨　挡在眼前
可是为了阻止亲爱的你离开

一声汽笛突然像炸雷那样破空袭来
再次肆意将我的心层层切开
琼楼上那朵云彩和我都万般无奈
不约而同依依挥手与你作别

那么多的阻碍依然不能阻止亲爱的你离开
那么多的别语怎能道尽我们别时的情怀
那么多的祝福那么多的期待
能否催促亲爱的你早日归来

不是不知道

不是不知道你不爱我
只是心中那激跃的情愫
还想求索

不是不知道你不爱我
只是那四季汹涌的潮起浪落
我怎能错过

不是不知道你不爱我
只是生命征途上　那片萧索
等待　我培植芳香的花朵

不是不知道你不爱我
只是我旅途上
那段山道　依然崎岖陡峭

爱情深深

已不愿　再写重复的诗意
怪只怪　每到情深处
未承想　语已自出

想只想　我们在一起
永远相守相依
恨只恨　每次
匆匆相聚　又别离

多少次　默默地思念
多少次　尽情地狂欢
却永远　挥霍不尽你对我的爱
和我对你　那深深的留恋

小　巷

小巷　迷人的小巷
在你的身旁
我们初识的欣喜
依然芬芳

小巷　铺满月光的小巷
轻轻的雾　在你怀里徜徉
柔柔的风　将我的发鬓
轻轻地掀动
是那样温馨　那样清爽

小巷　你是一本书
曾记下　我无穷的欢乐和忧伤
小巷　你是一枚太阳
在我前进的路上
洒满温柔的阳光

霓虹灯下

这时候　你是否想起
在这迷离的霓虹灯下
是否想起　在这不算稀疏的人群中
我刻骨想你的刹那

暮霭　满布天空
闪烁迷人的灯光
不时映照我那刻满相思的面庞
而暗夜的灯火
渐渐　渐渐将我的身影拉长

一切的原因

常常不由得想起你
想起　我们最初的相遇
而那时　鲜花正艳
到处都充满着　花香鸟语

自从那次　别离
你有多少次　出现在我的梦里
偶然之间　又有多少次
我曾轻声呼唤你的名字

几多时　我茫然回首
那已被云锁雾封的路途
几多时　我拭去热泪
而蓦然之间　却又泪流如注

青春不肯再来
往事随风而逝

一切一切的原因

都只因为

我们曾经

曾经是那样轻易地牵手

又轻易地别离

渴望今生与你相逢

我是凡人　不是神灵
怎能拒绝　这滚滚凡尘
把人世间的忧愁和幸运
都能当作过眼的烟云

我只是一个凡人　不是神灵
多么热爱　这滚滚凡尘
始终努力追求豁达而舒逸的人生佳境
尽力实现胸中的理想和爱的温馨

我只是一个普通的凡人　不是神灵
不能测算我们的来生
只求今生　今生能够与你相逢
共同演绎最美的缱绻缠绵的爱情

你可知道

你可知道没有星光
也没有月亮的晚上
四周是那么漆黑
我　是多么地迷惘

你可知道在星光明亮
在那月光皎洁的晚上
在花前　我静静地伫立
晶莹的露珠闪闪发光

那一片花香
不　那不是花香
那是我深深的思念
郁香　而又清凉

你不知道

你不知道　每天
我都徘徊在黄昏的小径
你不知道　月光下
我那么憔悴的身影

你不知道　夜夜
我倍受思念煎熬的苦痛
你不知道　为了正义和爱情
我会献出我年轻的生命

青春的风

在茫茫人海中
我只找心爱的你　一个人
你的爱　早已嵌在我心中
就像那夜空
亘古　就缀满了星辰

我是冰川期厚厚的冰层
你是亿万年才能遇到的那一场春风
是你青春的风
才使我心中的冰雪消融
是你青春的风
才使我拥有了青春的活力与生命
是你青春的风
才使我的青春飘逸灵动
是你青春的风
才使我的青春之花　更艳更红

青春阳光

如果我是小鸟
你就是我迷恋的天空
如果我是花朵
你就是我渴望的玉露甘霖

如果我是小鸟
你就是我翱翔的翅膀
如果我是花朵
你就是　就是那灿烂的
青春阳光

第四辑

青春倩影

真想　永世做风

在大地和天空　潇洒地飞行

真想　你也做风

永远和我并行

——《真想做风》

青春的梦

车来车往　人潮汹涌
忽明忽暗　是那盏盏霓虹
城市的夜景最迷人
是什么　忽然魅惑了我眼睛

只在回首那一瞬
你的倩影已存我心中
哪管风再冷夜再深
心中仍存那道彩虹

海市蜃楼不是梦
最难忘还是那一瞬
哪怕耗尽我的青春
仍把青春的梦追寻

告诉星星

告诉风　请带上
我深深的恋情
直到　直到你那片锦绣的丛林

告诉云　请带上
我那颗痴痴的心
将你那一片蓝天
深深地染红

告诉月亮　请将我
纯洁的情
倾洒在　你的头顶

告诉星星　请将我
请将我拽入你的梦中

千年的相约

我将以怎样的真诚
才能够赢得你的心
我还要走多少路
才能够走进你心中

不管我能否赢得你的爱情
我对你永远都一样纯真
不管我还要经历多少雨多少风
我依旧毫不犹豫踏上爱你的征程

你一定还记得我们千年的相约
今生再重逢
我们一定能
拥有最缱绻缠绵的爱情

当时是个错

曾经是那么地爱你
只因为与你怄气
才那样轻率地与你挥手别离
当时是个错
年轻的我　怎么能知道

岁月一去不复回
我再也没有找到
能有人　如心中的你
当时是个错
年轻的我　怎能意识到

只以为　失去的能够找回来
只以为　命运能让自己安排
当时那么错
年轻的我　就是没想到

为什么

为什么　我们不在清晨
去采摘清露
为什么　我们不在午后
在林荫下漫游

为什么　我们不在美丽的夜晚
携手　去摘漫天的星斗
为什么　夜夜梦醒
总留下　两行苦涩的泪珠

到底　该怎样真诚相爱
我们的爱情　才能变得永久
到底　要经过多少痛苦和欢乐
才能像白云那样　无愁无忧

真想做风

真想　做一股劲风
划遍万里长空
真想　做一缕轻风
吹过　你景色绮丽的丛林

真想　永世做风
在大地和天空　潇洒地飞行
真想　你也做风
永远和我并行

曾　　经

曾经　在那棵杨柳树下
你我挥手告别
杨柳依依　你我
也依依不舍

我们　原本是
一块美丽的璧玉　无法分割
这时候　我却只能目送
你渐渐走向　那旅途的寂寞
而一道时光的利刃
将我饱经沧桑的心
细细地雕　细细地刻

纵是　无限温柔的阳光
千百次地抚摸
也终不能　将我
心灵的创口　一一愈合

再度黄昏

是什么一直将我紧紧吸引
是什么使我的思念越陷越深
即使意志坚强如你
能否忘记那段刻骨铭心的曾经

不知不觉　我又来到那风渐冷的山径
将我们初恋的欢欣　再次搜寻
你那曾远去的背影
在我眼前　晃去又来临

我真的不知道　我驿动的心
如何迎接　那遥远的旅程
我真的不知道　我该如何挥去
你那美丽的倩影
蓦然回首　已是再度黄昏

青春路上

总是对未来充满向往
总是向往爱的天堂
所以我冬练三九　夏练三伏
春秋　是我的疗养山庄

经历过无数次勤学苦练
经历了无数次雨雪风霜
我以为　我已经练就刚强
好多时候　我都坚硬如钢

可是偶然间　我还是发现了我的练门
竟然那样脆弱
经不起丝毫风浪
甚至你一句无心之语
就轻易将我擦伤

我的爱　攥在你的手里
我的情　你把握着方向

但是我依然那样倔强
始终坚守我的梦想
哪怕遍体鳞伤　哪怕走向绝望
我依然走在青春的路上

青春驿站

往事并不都是如烟
你晶莹的双眼　总是浮现我的眼前
过去的终会过去
我们　更要把握今天　创造明天

芳草又绿　春风无边
这是青春的又一个驿站
无论是恩还是怨
青春的你我　都无悔无憾

过去的　都留给记忆
未来的　寄希望于明天
让春风吹醒你我
让鲜花　倾诉我们共同的心愿

青春不承认沙漠[①]
青春　魅力无限

① 引用汪国真《青春不承认沙漠》诗句。

面对青春的又一个驿站

我们重新整装

依然　依然策马扬鞭

青春倩影

小径迷人　不仅
因为她身边花木繁盛
还有　你那双
亮晶晶的眼睛

小径迷人　不仅
因为这春天暖暖的风
还有　你那帧
青春的倩影

小径迷人　不仅
因为她身旁的红亭
还有　我们
青春缤纷的梦

第五辑

青春思念

蓝蓝的天　是我们的梦

白白的云　是我们的情

只要至真至爱

聚也迷人　别也迷人

——《至真至爱》

思　念

阵阵清风　吹过
四季迷人的山岗
风儿啊　请带上
浓郁的花香
到远方　你的身旁

白日里　月光下
抑或阴天没有太阳和月亮
迎面而来的
那片片清爽
都是我　浓浓思念的清香

千年的相思

今生最大的希冀
是如何能遇见你
用世上最真诚的心　最靓丽的诗句
诉说我心中所有的秘密

你是我今生今世
最美的天使
和你相遇
是我今生最美的故事

我唯独担心不能用最好的言辞
诉说我千年的相思
和心中
那最难说出的一个字

不　怨

时幻　时真
雾蒙蒙
霜萋萋
倩影难挽回
昔时
双眸曾相对

往事遣风送
谁料又相迎
命运多舛
此身似浮萍
任水漂西东
不怨雨
也不怨风

你的眼睛

是什么　使我的思念更深
是什么　使我的道路充满光明
是什么　使我充满幻想
是什么　使我勇气倍增

尽管　走过了一程　又有一程
尽管　道路弯弯曲曲
依然满布崇山峻岭
但你深情的眼睛
如一盏明灯
照我穿过了漆黑
照我蹚过了泥泞

你的眼睛　你的深情
是我今生永远的梦
那执着的追求　那不懈的奋斗
是我　是我青春永远的憧憬

风情万种的温柔

最是那一动情的挥手
直如一股飓风
掠过我柔情荡漾的心湖
我早已忘却这别离的痛苦
变成一只欢乐的燕子
在和煦的春风中自由飞舞

最是那一动情的挥手
犹如一杯琼浆
浓烈的芬芳瞬间把我的灵魂全部浸透
我仿佛骑上飞驰的骏马
踏着欢快的节奏
径直奔向幸福的大陆

最是那一动情的挥手
恰似一匙蜂蜜
甜透我的心头
纵是此去天涯难回首
也难忘记你眉宇间真情的流露
和那风情万种的温柔

至真至爱

千里迢迢　暂时只能隔开
我们的人　我们的身
却怎能隔开
我们的心　我们的情

蓝蓝的天　是我们的梦
白白的云　是我们的情
只要至真至爱
聚也迷人　别也迷人

一起同行

我不爱你
什么能证明
我们的相遇
就是缘分

我是夏季的白云
点缀你蔚蓝的天空
我是春天的风
愈合你往日的伤痛

不要管　不要管世俗的界定
不要管　不要管人们鄙视的眼神
爱　必定注定
你我要　一起同行

我只知道

我不知道
什么是天荒地老
我只知道
如果没有你　我的心灵
便成了一片沙漠

我不知道鸳鸯蝴蝶
双栖双飞的缘由
我只知道爱你
是那样地不由自主

可是我从来也不知道
对你信誓旦旦和你海誓山盟
我只知道　我的心
像大地那样朴实纯厚
像流水那样透明纯真

真诚郑重地对你讲

没有澎湃激情的春潮涌动
哪来如此的想象
没有你娇媚清纯的容颜浸入我的心波
我的心海　怎能掀起如此汹涌的排浪

这些　绝对不仅仅是我的想象
它暗含着我无数次真心迫切的期望
如果不是我今夜加班
我会不顾一切来到你的身旁

也许你真的无法想象
我对爱情的执着向往
并不是简单的言语能够表达
我必须当面　真诚郑重地对你讲

为了这神圣一刻的来临
也许你根本无法想象

我的灵魂　曾经怎样
百般煎熬　万般渴望

你更无法想象
我曾经无数次在黑夜无人的地方
千百次地刻苦演练
面对亲爱的你　激情述说的情状

青春思念

已经转身　可又忍不住回头来看
看你风采无限
看你青春华年

已经离开　可你的声音常响耳畔
伴我寂寞伶仃
伴我深夜思念

已经久别　可你的身影常在眼前
分开的是身影
分不开的　是爱的缱绻和灵魂的牵绊

梦中相逢

无情的风
能卷走你的倩影
却怎能卷走
你留给我的娇容

别离　虽然能够
隔开你我相依相拥
却又怎能隔开　我们
我们的梦中相逢

共同思念

你手裁的诗笺
早已写完
你可晓得　那字里行间
斑斑的泪痕　和我憔悴的容颜

你手植的蝴蝶兰
也愈开愈蔫
你可晓得　那叶丛花间
我和花儿的共同思念

第六辑

青 春 凝 眸

如果你的感情像甘露

我就是那禾苗皲裂的唇

如果你的感情如春风

我就是那含苞欲放的第一枝迎春

如果　泡在蜜里是最幸福的话

我就是那样的人

——《我就是那样的人》

还有你

不是说
只有那迷人的春季
山如翡翠
水似玻璃

风起的日子
心中也荡起涟漪
清澈的心湖里
倒映着
绽露青春笑靥的你

你啊你
何时闯进我青春的梦里
你啊你
像五彩的画笔
将我的青春
点缀得愈加绚丽

不是说
只有那迷人的春季
不是说
只有山如翡翠
水似玻璃

还有你
你比那天边的彩虹
还要美丽

只有你
我青春的天空
才风和日丽

总是你倩影

像成熟的蒲公英
时刻等待一场最美季风
像家乡的那条小径
时刻等待人们踏上征程

亲爱的你可能还不知情
我这双乌黑明亮的眼睛
也一样时时刻刻在等
只是等待你那道最美倩影

从早晨睁开眼睛
就祈盼今日能够重逢
一次次等到黄昏千帆过尽
无奈只能转而脉脉等待你的来信

今夜依旧只能让这缤纷的霓虹灯
肆意映照我孤独的身影

深深感激写字台上的美幻光晕
深情陪我一读再读
昨日你寄来的隽永清芬的美文

想你　总是在迷雾蒙蒙的清晨
想你　总是到晚霞装点的黄昏
身前身后　总是你倩影
这是第几遍不知不觉
读你　读你昨日来信

长城作证

何时　你的身影
已深深　深深印在我的心中
又是什么风
把你我　都吹上了长城

千载白云悠悠
万年青山葱茏
天地间　你我轻轻相拥
而身边　是那雄震千古的
天下第一长龙

孟姜女的故事
曾经震古烁今
那悲剧气氛　曾经笼罩
多少代人的心灵
竟没想到　我是那样幸运
与你相逢

且在如此雄伟壮丽的画卷中
写下
青春的挚爱深情

那幸运的时刻
将永远铭刻　我们记忆的画屏
那甜蜜的一吻　长城
永远　永远作证

我就是那样的人

还有什么风
能像今日这般温馨
还有什么雨
能像今日这般
滋润我干渴的心灵
还有什么草
能如今日这般绿
还有什么花
能胜今日这般红

如果你的感情像甘露
我就是那禾苗皲裂的唇
如果你的感情如春风
我就是那含苞欲放的第一枝迎春
如果　泡在蜜里是最幸福的话
我就是那样的人

甜蜜的痛

夜色蒙蒙
我一个人只管前行
冷冷的风
眼前掠过你的靓影

心里很痛
爱你还是自始至终
寒雨冷风
我依然迈步前冲

别离是恨　爱你是痛
我的心满布伤痕
爱在心　痛在心
那是最甜蜜的痛

青春凝眸

相信　总在某个渡口
你我他乡邂逅
世上最甜蜜的诱饵
是你那青春凝眸

我是那条馋嘴的小鱼
不顾一切　紧紧咬住
咬住你那凭钓已久
凭钓已久的鱼钩

飞絮时节

我那最深的情
飘满你晴朗的天空
我那最浓的意
轻轻拂着你的衣襟

啊　我最心爱的人
我已厌倦了漂泊天涯的命运
只要你轻轻打开窗户
就会栖息我那羸弱的生命

没有你的日子

没有你的日子
心绪总是那么沉重
不愿沐浴温暖春风
也不愿见草绿花红

没有你的日子
我的心就像断了线的珍珠
四处飘散
只剩一缕魂魄
漂泊青山绿水间

我的思念　像绿水
呜呜咽咽　缠缠绵绵
我的思念　似春山
永远焕发着　青春容颜

不卷珠帘

屋内几回辗转
怕茶水　太浓太淡
太冷太暖
倒掉之后又注满

心内不住呼唤
盼夕阳　坠入山涧
好让我再睹
你青春明丽的芳颜

看看那束并蒂莲
再望望夕阳将落未落的蓝天
静静地等待
等待你来　不卷珠帘

还会怕什么

如果你爱我
我就会变成一只快活的小鸟
因为你是我唯一的爱
爱是我唯一的寄托

可是　如果你要走
我决不挽留
我的心　已被你带走
我还会怕什么
一无所有

今生相约

知道　你绝不是那东逝的光阴
一去不回头
知道　你绝不会忘记我们今生相约
两情相依　携手共渡

坚信　真正的爱情
总会天长地久
坚信　你温柔的承诺
冰清若天空的一弯月钩

知否　只因你那一句
已在我心里刻下铁划银钩
只为　等待你深情回眸
风里雨里白里黑里
我都会　虔诚静候

爱你只有永远

——为双塔凄美的爱情故事[1]而写

日月旋转转眼已是千年

我和姐姐的爱情故事渊源流传

我们最向往自古美好的姻缘

我们的爱情故事如今已成经典

① 双塔位于甘肃省华池县林镇乡双塔寺，双塔寺又被称作姊妹塔。寺院和两座石造像塔建造于1156—1189年。据说在宋朝年间，一个云游至豹子川一带的和尚看中一个孤儿，收为俗家弟子，取名福生。八年后，老和尚把福生带回到了距离京城数里的兴安寺。一天，当朝的两位公主不满皇帝指婚，于是便女扮男装，前来寺中上香，却被一无良男子调戏，福生看见后帮助两位公主逃离了困境。结果那男子是当朝宰相的独子，临走之前留下话要报仇，福生为了不牵连寺院里的其他弟子，独自一人离开了。两位公主回去以后，便将一身痴心都托付在了福生的身上。福生在离开寺院以后，报名参加了武试，得中状元，进入皇宫内做了侍卫。两位公主再次见到了心上人，心中欣喜万分，便分别赠送了香包和珠链为礼物。皇上知道了这件事，暗自下令秘密处死福生。幸得一位婢女冒死告知，福生连夜出逃到了西北一家寺院，剃度出家。两位公主听闻后急忙来到了寺院，此时福生已经万念俱灰。两位公主出门踉跄前行，哭声不断，忽然听到一声巨响，回头看，站在对面的福生渐渐化身为石佛，两位公主急忙喊：福生！佛生！福生！佛生！最后声竭力尽，两位公主双双化身为刻满佛像的石塔。

贵为公主看惯了宫斗的狡诈阴险
我和姐姐只羡鸳鸯不羡仙
我们女扮男装也逃不脱纨绔的亵渎纠缠
幸有小和尚福生挺身而出相救脱险
从此我们念念不忘恩人的容颜
奈何福生为避小人远遁他乡避难
天各一方如何让相爱的人儿相见
月下花前思念总是剪不断欲理还乱

真爱终会千里姻缘一线牵
惊喜和福生重逢皇宫大殿前
原来西夏再度侵犯我大宋边关
福生为报国已经夺得武状元
自古相见亦难别亦难
我和姐姐毫不犹豫拿出定情物香包和珠链
只恨父皇早已赐婚权贵
下旨捕杀福生强毁我们情缘
只要是真爱就没有任何力量可以割断
我和姐姐不顾一切让婢女给福生传信逃难

只要能和心爱的人儿做神仙般的美眷
就矢志和他生死相恋

胡杨相爱不过三千年
真心相爱却可永远
我们不艳羡荣华富贵果敢斩断所有牵绊
千里寻找心爱的人儿哪管地北天南
出五关翻雪山　穿戈壁过草原
为了心爱的人儿不计任何艰险
福生虔诚向佛已石化佛陀抛却所有执念
我和姐姐瞬间化身双塔陪伴福生到永远

日月旋转转眼已是千年
双塔的爱情故事永远流传
人们都向往自古美好的姻缘
我们的真爱已被奉为经典

第七辑

青 春 诗 笺

是夕阳的余晖洒在了山间

还是黄昏时　晚风带来的雨帘

不管眼前是眼泪还是雨点

总是一个　被雨淋湿的夜晚

——《被雨淋湿的夜晚》

青春邂逅

在青春的驿站
我们邂逅
眼前的云烟　遮不住
我们青春凝眸
身后的青山　更衬出
我们青春的锦绣

不需要太多陈述
只要心灵那句　深深的问候
那千年的等候
不算太久
庆幸我们　终于找到了
我们相约的路口

让我们　郑重斟满
用青春酿制的美酒
挥去一路　雨僝风僽
我们再也不会分开
从此携手
直奔青春天堂的路

我心依旧

化不开的
是那一份缠绵
走不出的
是对你那一份浓浓的思念

分不清此刻的天
是绿还是蓝
辨不明　现在是秋天
还是春天

心里依然那样
纷纷乱乱
时刻跳入眼帘的
还是你那皎洁的容颜

被雨淋湿的夜晚

就在送你之前
自己就开始伤感
当载你的车渐行渐远
世界就成了一个很大的空房间

你的身影不在眼前
你的笑脸　不时浮现心间
还没分别　就在算计何时重逢
刚刚别后　就失魂落魄地思念

是夕阳的余晖洒在了山间
还是黄昏时　晚风带来的雨帘
不管眼前是眼泪还是雨点
总是一个　被雨淋湿的夜晚

电话无用

分别后
已经几个黄昏
那分分秒秒啊
都令我销魂

拿起手机
虽然你的声音
比夜莺歌唱还要动听
可是　终是不能
见到你那俏丽迷人的倩影
我无边无际的思念啊
该怎样消隐

我的心　时时
都在激烈地跳动
像那一股
无法阻隔的山洪

真想　真想即刻见到你

电话早已无用

我的思念

水般澄澈　山般葱茏

只想留住你

我不是不知道青春的靓
我不是不知道你的美
所以　我格外珍惜
我们的每一次相遇　每一次别离

我也绝对不会把你忘记
只是想留住你
留住你的音容笑貌
留下你青春隽秀的笔迹

好让我在孤独的夜里
仔细品味
品味我们青春的甜蜜
品味　我们爱的每一点每一滴

喜结同心

——和《你从来都飘忽不定》

你不是树　我不是藤
你我是活生生的人
你我早已心意相通
你我今日喜结同心

我清楚地知道
我对你早已一见钟情
我心里已暗暗发誓
我死了是你的鬼活着永远是你的人

◎ 附：

你从来都飘忽不定

我是山涧那棵树
你不会是缠绕那树的藤
我是草坪盛开的花
你也决不会和我相并而生

我清楚地知道

你从来都飘忽不定

就像一阵风

总是无意掠过我的心空

永世的新娘

呵　漂亮的姑娘
你是我梦中的新娘

多少个明媚的白天
多少回踏着清幽的月光
我都在人海中追寻
那迷人的微笑　俊美的面庞
经历了无数金子般美好的青春时光

今天　你终于闯入了我的心房
我的眼前　格外明亮
像节日的殿堂
无数彩饰彩灯般绚丽辉煌
像平静的大海
忽然掀起汹涌的排浪
像子夜的钟声
宣布了新世纪的起航

从此　白天如花样芬芳
夜晚　甜得像蜜一样
无数思念的泪水
顿时化作　欢乐的海洋

呵　年轻的姑娘
你是我永世的新娘

爱情神奇的力量

红色的花蕾含苞欲放
就像你娇俏的红唇一样
走到哪里
你的倩影总是浮现我的心上

曾经有过一个梦想
不管青春甜蜜苦涩　还是欢乐惆怅
都要留下无怨的诗章
总算如愿以偿
难道　这就是爱情神奇的力量

仿佛看到了幸福的模样
我要紧紧抓住她的翅膀
乘势而上
和你手牵手飞向
爱情神圣的天堂

风儿轻轻穿过你我的手心

总想第一时间知道
你在哪里
让科技速度传递
我们彼此的信息

花儿还在静静地盛开
水儿　轻轻荡起涟漪
但我只能欣赏一会儿
一抬头　就又想起你

我现在只想
即刻见到你
手牵手欣赏
世界的美丽神奇
风儿轻轻穿过你我的手心
便被甜蜜陶醉
迅速把我们的幸福
向四面八方漫溢

总想第一时间让你知道
我时时刻刻　都在刻骨想你
让科技速度传递
对你无限的柔情蜜意

花儿还在静静地盛开
水儿　轻轻荡起涟漪
但我只能欣赏一会儿
一抬头　就又想起你

祝你生日快乐

摘下月亮
照亮你今夜明净的小屋
采来太阳
点燃你生日的十八支彩烛

你的生日最美
我的祝福最真
让幸福欢乐永远伴你
愿鲜花和歌声
伴你青春永远的征程

你不是凡人

之一

凡人　不会知道我的雄心
凡人　不会助我成功
凡人　不会理解
我爱的真挚与深沉
凡人……

我早已炼就了“火眼金睛”
我早已具备了
某些特异功能　和奇异本领
所以　我一眼就看出
你不是凡人

世上　只有你冰雪聪明
世上　只有你珠玉般玲珑
世上　只有你　最懂
什么是　最靓丽的青春
什么是　最甜美的爱情

之二

我知道　许多伟人的成功
除过勤奋
冥冥之中
自有相助的神灵

我也曾　祈祷上帝
能通古博今
与天地通灵
也曾　劳其筋骨
饿其体肤　空乏其身
与天地兮比寿
让精神兮永存
其间　曾产生如许困顿
何以为青春
何以为爱情
直到那一天遇见你
我大彻大悟　神智清明
上帝终于派遣了
我的青春天使　即日降临

你不是凡人
你就是相助我的神灵
你开启了我的智慧
你点化了我的奇异功能
我身轻若燕　我疾如神鹰

蓝天彩云　和我相伴
青春爱情　与我共存
春夏秋冬　随我指使
天地宇宙　任我驰骋

青春诗笺

我不会将那些晦涩难懂的诗句
写入我的诗笺
我要让你清清楚楚明明白白
我的每一字每一句里
饱含对青春的礼赞
饱含对你的深深思恋

何必寻古探幽
青春就是一道靓丽的景观
你就是一位临江仙
何必月下觅诗
青春就是一首满江红
你就是 那首木兰花慢

第八辑

青 春 花 季

我要我们在一起

一起共度这甜蜜的花季

我要我们在一起

一起享用这青春无比的魅力

——《青春花季》

青春之花

请　请你抬起头
再看我一眼
看我此刻
青春娇美的容颜

经过多少青春的雨青春的风啊
又多少青春灿烂的阳光
才使我们的青春之花
如此灿然绽放

请　请你抬起头
再看我一眼
记住我们青春美好的瞬间
珍惜我们青春
璀璨的华年

四季芬芳

雪花　如天使
翩翩起舞　裙裾飞扬
你　身着红装
如梅花　盛开在寒冬中央

四季风过了
滤去冬寒夏炎
只余春天般和煦的阳光
鸟儿歌唱
四季花芬芳

“菩提树下
那是我们两人的卧床
你还可以看到
我们采折了
许多花草铺在那处地方……”[①]

① 引自德国著名诗人瓦尔特《菩提树下》。

不管是八百年
还是一万年时光
谁走到这条路上
都可饱尝
无限甜美的青春琼浆

连续过上十个冬

这几天　为什么过得
那样愉快轻松
今年的冬
又为什么　一点都不觉得寒冷

太阳和往年冬天一样
并没有什么不同
月亮　也并没有
向我们移近半分
也没有什么科学　或法力
扭转了乾坤

只是你那一句温柔的话
只是你那一帧灿烂的笑容
宛若春风
胜似春风
引我走进
青春的花园　青青的草坪

即使　再连续过上
十个八个冬
我依然不会惧怕任何寒冷
因为你火样热烈的感情
时时炙烤着我年轻的心胸

走在花香四溢的春天里

始终坚信
只要我们都是真心实意
没有什么能够阻挡
我们走到一起

不要以为　只有你
才对爱情那么挑剔
我也不是那种随意的人
更加追求　爱情的绝对完美

始终坚信
爱情的甜美
胜过天下所有的佳肴美味
无论哪个季节
只要和心爱的人儿在一起
都仿佛走在
花香四溢的春天里

闪电样的思念

分别后　每每涌起
一次又一次刻骨的思念
回想曾经牵手的地方
心中涌现
多少甜蜜　多少浪漫

今夜　思念一如从前
又将是一个难熬的夜晚
可如今　我的思念会随着电波
像闪电一样划破黑暗
刹那飞到你的身边

只要你
有些许感应
就能感觉到我热烈的情感
像熊熊火焰一样
把整个世界燃遍

不愿转身

不愿转身
你的影子是道彩虹
此去经何年
你我才能再相逢

不愿转身
你的影子转眼成空
别后的日子
就像尘封的四弦琴

不愿转身
壮美山河刹那无情
挥剑难断别绪
眼前吹过沙漠狂风

只要真爱还在[①]

心中一直有一个坚定的信念
相信我们还会再相见
眼前不时闪现当初你纯真的笑脸
记忆中那青春最娇美的容颜
曾经的沧海已是昨天
相信我们不会再轻易说再见

世上只要真爱还在
断了的缘分还可以再续写
人生的理想永远不灭
曾经的雄心依旧那样热烈
只要我们真诚牵手未来
我们的青春爱情依然无比精彩

① 此诗为朋友复婚而写。

青春花季

这是花香鸟语的春季
这是我们青春的花季
你　艳丽无比
我　怎能错过我们的相遇

这是春风柔媚的春季
这是我们青春的魅力
你　娇美无比
我　怎能舍得和你分离

这是天蓝水碧的春季
这是我们青春的权利
你　玲珑无比
我　怎么舍得把你抛弃

我要我们在一起
一起共度这甜蜜的花季
我要我们在一起
一起享用这青春无比的魅力

无力地挥手

你又远走　我突然
像吞下了一杯苦酒
顿觉天昏地暗
恰似浮云遮蔽了日头

你又远走　热泪
在我心中汇成河流
还没握热你的手
嘶鸣的汽笛　已将你拽走

问天　问地　问垂柳
是你没有系住她的行舟
还是我没有
好好将她挽留

第九辑

青春盛宴

面对这青春盛宴

你我盈盈举杯　共饮

共饮这青春甜美的琼浆

而你那晶莹微醉的目光

像美丽的鲜花　永远盛开在

盛开在我温柔甜蜜的心上

——《青春盛宴》

爱的模样

爱啊　你到底是什么模样
为什么一直让我
产生那么多幻像
让我那样虔诚
又那样无助彷徨

我知道　你也给我降临过甘露
让我偶然尝到了爱情的芬芳
但因什么　你又将你的赐予收回
让我终日流泪　终日忧伤

我知道　我一定做错了什么
祈愿你看在我一贯虔诚的份上
给予我原谅
只要让我饱尝青春的甜蜜　爱情的芬芳
我会更加小心翼翼
向你认错　向你敬香
我会痛改一切恶习
还原我旧时模样

为了你我情愿受罪

我从来不怕什么网
我不是小飞虫　也不犯什么法
蛛网能奈我何　法网又怎样
可是　你编织了什么
让我深陷其中　没有任何力量抵抗

我的青春　我的容颜
被你天罗地网牢牢捆扎　吮吸
日渐憔悴
可是为了你
我情愿受罪

我早已泪流不止
我早已被你俘虏
亲爱的　你还想怎样
才能幸福

只有我对你最真心

试问你　对爱有多纯真
对爱又懂几分
我流过那么多泪
思念又是那么深
才知道　爱与不爱
有时真的都很残忍
也知道欢乐与痛苦
只在那一瞬

我很迷茫　也很郁闷
到底应该怎样
才能认清那一瞬
才能抓到幸福那根绳
你是否也能认清
只有我对你最真心
和我在一起
你才是最幸福的人

试问你　到底爱不爱我

还是让我永远伤心

永远迷蒙　最终

你　你也变成一个痛苦的人

只要你献上一朵鲜花

呵　年轻的姑娘
我梦中的新娘
无论怎样
我都不会怪你
都会　像我初次赠你花儿时一样

我也曾无数次向往
我们像双飞的蝴蝶那样
每日成对成双
从此我俩都变得无比刚强
我们每天都幸福携手
追逐我们所有的梦想

可是如果　你不爱我
我也绝对不会勉强
我会面对每个季节最美的花香
终日为你祈祷

祈祷幸运　幸福　美貌　健康
天天降临在你的头上
我也会终日流泪　终日哀伤
直到死亡

我不敢有什么奢望
只希望有一天你能走上那座荒岗
我的坟上
只要你献上一朵当季鲜花
千万朵花儿便年年在这里灿然绽放

爱会疗伤

没有想到　小小的误会
竟然那么深
从严寒的冬
到如今的春风
也不曾将你我唤醒

任窗外杏花儿开罢
桃花儿凋零
任河水恁般清粼粼
照见的　是你惨淡的娇容
留下的　是我凄清的身影

时光还能留下些什么
昨日的白云
早已无踪
青春的足迹
也不过如轻烟般

飘过辽远的时空
甚至　未留下任何印痕

人生苦短　又怎么忍心
让心爱的你
留下不必的　些微的伤痕

相信　爱会疗伤
青春　不会记恨
翻过眼前的山岗
心胸就定然开朗
眼前　是一番崭新的风景
身边　依然是不羁的风

金玉良缘

曾经的急流险滩不是磨难
曾经的雨雪霜寒都是磨练
我已经学会了把握机缘　当机立断
做到百分之一百的保险

虽然　我们每个人都很平凡
但坚信只要始终向着自己的理想
勇往直前
绝不会永远平庸一般

本来　每个人面前
都有许多条宽阔的道路
供我们挑选
我想　最傻的人
都会做出这样准确的决断
拥抱美妙青春
准确把握　把握自己的金玉良缘

长相厮守

已经感觉　好像什么
我们都已经拥有
可是　总有那依依不舍的别离
常常笼罩我心头

别时　才想起过去的时光
总是过得太快太粗
曾有多少欢乐和幸福
都被我们轻轻疏忽

感叹光阴似箭
让我们懂得珍惜懂得满足
感叹岁月悠悠
给我们许多经验许多财富

可是　我们每个人还必须继续加油
紧紧跟上新时代生活甜蜜的节奏

可是　我们每个人还要继续努力追求
寻找我们爱情永远幸福的源头

为了我们更加美好的未来幸福之路
亲爱的　我又怎么忍心将你挽留
为了你早日平安满载归来
我只能衷心期盼默默祈求

衷心期盼我们早日重聚
默默祈求上苍时时刻刻将你保佑
从此　我们再也无忧无虑
从此　我们只求长相厮守

爱的盛典

是不是那铁树
千年只露一次笑脸
是不是那爱情　也要等上一千年
才能实现　一次爱的盛典

是不是那天长地久
只是传言
是不是那梁山伯与祝英台
罗密欧与朱丽叶
只能在影视里面上演

我不需要天很蓝
只要你的爱很甜
即使
即使我们的缘分很浅很浅

怎么会呢　一切都在
亲爱的你的掌控之间

只要我们真心付出真心相爱
我们的爱情永远很甜很甜
我们的青春
永远　无悔无憾

那朵白梨花

细雨潇潇下
你手里
还擎着我送你的那枝花
遥望征程烟霭
一时竟相对无话

到底是雨还是泪
淋湿了那朵白梨花
还没分别　似乎已觉
远隔天涯

青山啊
是否　你只管默默开满白梨花
小河啊
是否　你只会用哗哗做回答
乌云啊
是否　你此刻和我一样
也说不出一句话
细雨啊
难道你也有我们别时的情泪
就这样不住地流下

青春盛宴

那是怎样轻柔
怎样玲珑的月光
照着我们的青春
照着你秀美的面庞

小虫停止了演奏
小鸟停止了歌唱
美丽的夏夜
为我们的出场
布置了华美静谧的长廊

面对这青春盛宴
你我盈盈举杯　共饮
共饮这青春甜美的琼浆
而你那晶莹微醉的目光
像美丽的鲜花　永远盛开在
盛开在我温柔甜蜜的心上

第十辑

青 春 童 话

多少次想借清风

捎去我刻骨铭心的思念

多少次想请月老

让我和你即刻相见

多少次想在佛前许愿

我们真心　真心相爱万万年

拥有无限美好　无限美好的明天

——《无限美好的明天》

水晶心

看着我清澈的眼睛
看着我深情的眼神
我决不故作深沉
我的心　我的情
真的　比那水晶还要透明

如果　你还看不出
如果　你还弄不懂
就请用最先进的 X 光
那副特别的宝镜
直透　我那颗七彩玲珑的心中

那时你就能真切地看到
我的心　是怎样为你驿动
你更能真切地分辨
我那颗炽热爱你的心
到底　是白还是红

青春幸福甜蜜的味道

亲爱的　请你相信我
我绝不是什么妖魔
我只是一名青春的歌手
永远唱着青春的歌

为什么要那么忧伤
为什么要那么决绝
春光　总是那么美妙
青春　永远是一首快乐的歌

小草　总是喜欢舞蹈
花儿　总是眉开眼笑
小鸟　总是纵情高歌
因为　只有它们晓得
青春幸福甜蜜的味道

缪斯的请柬

每当我看到你娇美的容颜
我的诗情　就突然被你点燃
像收到一封缪斯赐予的请柬
邀我　步入诗歌的圣殿

每当我看到你俊俏的容颜
我的眼前　顿觉霞光满天
各种美妙的景象　缤纷变幻
令人不由浮想联翩

每当我看到你靓丽的容颜
像忽然被某个纤纤素手
拂动了我心灵的琴弦
从未听过的绝妙的青春旋律
使我沉醉　令我震颤

每当我看到你青春的容颜
我已忘却所有的冰冻严寒
俨然现在就是百花芬芳的春天
鸟鸣宛转　春光烂漫

青春比翼

你的娇容　藏在我心里面
任我怎样找　也找不见
这只石凳上不知想了多少次
这条花径上不知寻了多少遍

多情的夕阳啊
什么时候　你又为花园
镶上了迷人的光环

试问过往的风儿
你是否已经捎走了我的祝愿
试问绽放的花儿
什么时候　我们再并肩
共赏　共赏这美丽的青春花园

青春童话

一

昨夜　谁的手笔
将今日山川楼阁　粉妆玉砌
我真的走进
童话世界里

翩翩的你　我梦中的青春天使
突然降临我的领地
彩袂飘移
金光四射　芬芳四溢

多少个冬天
已成寒冷的回忆
多少个春天
也没留下什么痕迹

今朝的一瞬
却凝固在我的记忆里

我们亲手编织的童话
成为传奇
我突然　爱上冬季

二

多少年的梦幻
被玲珑的云朵相连
眼前缤纷一片
天使　在我身边

多少年前的心愿
被晶莹的雪花相连
心中甜美无限
童话　在我身边

汹涌的思念

飞旋的车流　像海涛
翻滚的是我汹涌的思念
头顶的蓝天　像明镜
映照你靓丽的青春容颜

我不敢抬头看天
眼睁睁盯着你的倩影
在人群中时隐时现
我也不敢眺望眼前的琼楼
怕它们　遮住了我的视线

你那美丽的倩影　魔术师般
紧紧攫住我的双眼
直到消失在我的眼前
我颓然地靠着街心天桥的栏杆
遥想着远方　远方你白莲花般的裙衫

空气中还弥漫着你的香

这让我如何入眠
细雨不停敲打着窗栏
自从中午匆匆握别
我的心　早已去了你身边

魂不守　影孤单
闪闪烁烁的霓虹灯里
我顾影自怜
闭上双眼就是你灿烂的笑脸
睁开眼睛就是你漂亮的裙衫

音乐里满是缠绵悱恻的爱恋
空气中到处弥漫着你的香甜
我的所有时空都如电影上映般
时时刻刻围绕着你的倩影旋转

如果不是闪烁的霓虹灯不停刺激我的眼
我不会知道现在已经是夜晚
如果不是泪水悄悄淋湿了我的脸
我不知道我是被蚀骨的思念再次攻陷

向你靠近

车　向你那边飞奔
带着我所有的思念与纯真
不管还有多少崇山峻岭
都无法阻隔　我向你靠近

山　真的挡不住我
我毫不犹豫地弃车攀登
河　也无法将我阻挡
那不是传说中
早已搭好的鹊桥吗
只等　只等我通行

草儿迎着清风　花儿笑脸相迎
连太阳也躲进云层
我毫不在乎汗流浃背
我早已忘却口渴难忍　一路艰辛
我排除千难万难　不断加快脚步
只为一个目的
向你　向你靠近

无限美好的明天

多么渴望　每次打开手机的那一瞬间
都能够看到你的留言
每次看到都是那么惊喜
看不到时就痴痴地想象你娇美的容颜
你空间的照片
我不知道　已经翻看多少遍

回想那天　一个多么美丽的粉红色夏天
一朵水莲花　娇羞地开在我的眼前[①]
仿佛一个绝世仙女乘着祥云
娉娉袅袅下凡来到了人间
“明珠交玉体　珊瑚间木难
罗衣何飘飘　轻裾随风还
顾盼遗光彩　长啸气若兰”[②]
语出如吐珠　香肩侠义担

自从那天　见到你第一眼

① 化用现代诗人徐志摩《沙扬娜拉　十八——赠日本女郎》中诗句“最是那一低头的温柔，象一朵水莲花不胜凉风的娇羞”。
② 引用曹植《美女篇》诗句。

不可名状的思念就时刻充盈我心间
从晨曦跃上窗帘
到夜晚华灯璀璨
深深的思念　都如洪水般泛滥

多少次想借清风
捎去我刻骨铭心的思念
多少次想请月老
让我和你即刻相见
多少次想在佛前许愿
我们真心　真心相爱万万年
拥有无限美好　无限美好的明天

第十一辑

青春激流

好多好多期冀

只是为了遇见遇见最心爱的你

好多好多思念

竟然都是渴望我们永远在一起

好多好多柔情

酿制出我们爱情之酒无限甜蜜

好多好多情话

原来只是我们两人才懂的秘密

好多好多诗句

竟然都是为了赠给亲爱的妹妹

——《好多好多青春》

青春影集

给我你的倩照
让我珍藏在我的青春影集
留下你的笔迹
在我的日记本里

不要担心　我会把你忘记
怎么会呢　那浓情蜜意
那芬芳的花季
像陈年的老酒　微微一嗅
就令我甜蜜地沉醉

你是一道靓丽的风景

荒凉的小径
因为有了你的青春倩影
成了一道靓丽的风景

寒冷的清晨
因为你的降临
空气也变得如此温馨

简单的早餐
因为你的相伴
竟然无比香甜

平凡的人生
因为你的爱情
平添无数迷人的风景

无畏的海燕

当微风带着你玫瑰花样的香气拂过我的脸
青春娇美的你已经融入我的心田
冰封我心中千年的寒冰瞬间化为云烟
我又重新回到更加柔情绵绵的从前

在那微风曾经轻轻拂过的夏天
我正经历着胜过南极冬天那样的酷寒
心灵的痛楚像刀割一般
美丽多彩的世界全部变得漆黑阴暗

虽然明白青春季节并不都是阳光灿烂
只有在最无助时人们才能感受到步履维艰
想起食指曾将自己比作乞丐被无情推出门槛
自己处境比他好一点点也不免同病相怜

在我心灵最冷季节你给予我春天般的温暖
让我真真切切感受到最为难得的雪中送炭
刹那间　我变成一只无畏的海燕
勇敢地迎接青春和生命的每一次挑战

我们的青春

跋涉千里万里
也曾遇到种种美丽风景
别的　都迷迷蒙蒙
只有你　与众不同
恍若迎面拂来
一股甜甜的青春之风

我蓦然惊醒
原来　你就是我心中的彩虹
你就是一道别样的风景
你就是我的最爱
你就是　就是我们的青春

青春激流

请　请你转过你的脸来
让我看看你秀美的双眸
也　请你抬起头　把我盯住
看到底　谁把谁的心给偷走

可是　我不敢正视你的眼眸
你纤弱的身体　也微微颤抖

试问　谁能够阻挡
阻挡滚滚涌来的青春激流
谁又能够　能够
把真爱永远隐藏
永远　永远不致泄露

青春感激

一直不想停下笔
只缘于我们的青春
超绝的美丽
也许是爱屋及乌
看到所有美好的东西
都心生感激
感激我们的青春　我们的生活
是如此美妙　如此绚丽

轻轻地走近你
仿佛走进　向往已久的
那片芬芳的草地
草儿青翠　花儿甜蜜
无论走在春夏　还是秋冬
还是南北东西
只要和你在一起
青春　爱情
总是那么让人陶醉

相思季

算起来　我们才相隔九十余里
却仿佛已隔着非常遥远的
无法企及的距离
我眼前始终跳跃着
令人伤感的信息

无垠的蓝天
怎能装得下这不绝如缕的思念
我浮游在深不可测的海洋里
海洋无涯无边
我也始终无法靠岸

像那寒冷的冬天
渴望那一缕缕春风
像那夏季龟裂的土地
渴望那玉露甘霖
像那秋天丰收的田园
等待收割的乡亲
也像那冬天的雪野
壮美而又无比晶莹

不要带走我的梦

让我一个人
行走在冷风中
去深深感受
思念你的痛

曾经的相拥
虽然能够
安慰我的灵魂
可是可是　面对一个个孤夜
面对四周
一片冷森森
怎不折煞
我年轻的心
和　每一次冲锋

告诉月亮　告诉星星
不要带走
带走我浪漫的梦

不管面对怎样的夜幕
怎样的华灯
我总是渴望
渴望我们早日重逢

爱情天使

我知道每一个人
心里都有一杆秤
能分清
孰少　孰多
谁轻　谁重
就像你那双慧眼
永远都能分清
镜中花　水中月　雪中情

只是那一瞬
我头脑发晕
没认清
你这位爱情天使早已降临
没分清　你的爱
竟是那么纯　那么深
我爱情的那杆秤
一时失去准星
没秤出　你的爱
竟然那么重

好多好多青春

好多好多花香
芬芳着我们每一个美丽的四季
好多好多岁月
将我们的青春磨砺得愈来愈美
好多好多青春
都将留下我们无数难忘的足迹
好多好多期冀
只是为了遇见遇见最心爱的你
好多好多思念
竟然都是渴望我们永远在一起
好多好多柔情
酿制出我们爱情之酒无限甜蜜
好多好多情话
原来只是我们两人才懂的秘密
好多好多诗句
竟然都是为了赠给亲爱的妹妹

第十二辑

青春献诗

像太阳热情放射万丈光芒

像地球激烈迸射滚烫的岩浆

我要敞开男人热烈的胸膛

和你惊天动地地相爱一场

要爱　我们就爱他个天长地久

要爱　我们就爱他个地久天长

——《青春献诗（十二）》

青春献诗（一）

啊　漂亮的女孩
你是我的心上人
让我拿什么来表示
清风明月代表我的心

啊　漂亮的女孩
我为你准备了一份特别的聘礼
摘下月亮　做成最大的钻戒
戴在你纤纤的指上
摘下星星　串成最美的项链
挂在你洁白的颈项

让春天　作为我们的洞房
让夏天　作为我们的激情
那冰雪般的冬天　贮藏你我纯洁的心
让我们一起步入秋季
收获　我们丰美的爱情

啊　漂亮的女孩
你是我的心上人
让我拿什么来表示
清风明月代表我的心

青春献诗（二）

我以为
我会用终身
去寻觅
我向往的爱情

看来　我没有白白
祈求老天爷
原来
他早有安排

终于　在我最需要时
安排你显身
恰如在我最饥渴时
献一杯美酒
滋润我龟裂的双唇

一切都不用说
只用那眼神
别的都毋须拥有
只要你的倩影
你的爱情

青春献诗（三）

我那颗炽热的心
恰如伏天正午那枚太阳
把你冰冻千年的心
温暖得像春天一样

如果用所有的相思
能织成你红色的嫁裳
我情愿用一生去
日日思　夜夜想

青春献诗（四）

别后的相思　早已浸透
浸透我的全身
哪儿还容得下
这频频吹来的肆虐寒风

夜幕降临　小站行人
似被冰封
我还是在等
在等和你的相逢

这寒冷　已不算什么
寒冷正孕育着温暖的春
这等待　也算不了什么
等待　正昭示着我们的重逢

青春献诗（五）

不是流星吧
流星不会留下如此清晰的轨迹
不是花儿吧
花儿不会一直这样妩媚
不是梦吧　梦中怎么
会有如此缤纷的虹霓

是一阵清风
刚感觉清爽
便忽然没有了消息
是梦中双飞的蝴蝶[①]
忽然一只不知去向
只剩另一只在孤独地飞

是不是缘分是上天注定的
为什么会如此神迷
是不是机会是神灵赠予的

① 化用我国古代民间四大爱情故事之一《梁山伯与祝英台》中“梁祝化蝶”的故事。

为什么在那一瞬间
没给我启迪　让我争取

我是梦中那只孤飞的蝴蝶
飞过千百种甜蜜的花蕊
却还是没有目的
我是那支燃烧的蜡烛
直到流干眼泪[①]

① 化用李商隐《无题》诗句。

青春献诗（六）

能走出荆棘遍布的丛林
能走出繁华似锦的春天
能走出一碧千里的草原
能走出天下奇险的华山
却走不出　对你深深的思念

思念深深　一如夏天
苍翠的群山
思念深深　一如大海
飘满点点白帆

即使群山郁郁
能寄托所有的思念
即使白帆飘飘
能带走所有的眷恋
却仍然无法走出
你心的界线

青春献诗（七）

洁白的雪花　漫天飞舞
一如你舞动的银色裙衫
粉红的桃花　灿然盛开
一如你绽笑的　青春娇颜

从冬天　到春天
无论季节怎样变换
不变的
依然是对你深深的思念

穿越峰顶的极线
穿越万水千山　直到海边
海　还是那么深
天　还是那么蓝

无论地点怎样改变
对你的思念
却永远
永远无法改变

青春献诗（八）

送走了冷清的黎明
迎来了寂寞的黄昏
雨里风中
还是那颗透明的心

送走了寂寞的黄昏
迎来了冷清的黎明
梦里梦外
总是那无限柔情

任日月交辉
任风雨兼程
浸润洗涤的　永远是
那一片玉洁冰清

青春献诗（九）

我又来到小桥旁
看小河像小鸟那样歌唱
我的身影倒映在小河里
我的思念　已被河水洗得发亮

河水依然倒映着青山倩影
我的眼前　始终
闪现着你的娇容
小河啊　请一定要带上我的思念
直送到　送到她身边

从桥上　到桥下
从桥下　到桥上
我心里总是一片迷惘
远方的你啊　可否知道
我的思念　比这溪水还要清
比这小路还要长

青春献诗（十）

是谁　在我的心空
涂满一团团乌云
顿时　我那颗焦虑的心
便无所适从

即便走上那条花径
也不再温馨
那朵朵月季
只露出倦怠的神情
好像陡然间
因没看到你的倩影
而失去了往日精神

那丛丛刺梅
也是落红满地
难道你这一去
便没有了春天的消息

倦倚夕阳
看小河缓缓流淌
我不禁顿足扼腕
小河啊小河
你为什么不快点流向远方
流到你身旁

你可否记得
我们曾相约对饮夕阳
共采月圆时
那一地清幽的月光

青春献诗（十一）

只要亲爱的妹妹你在我身旁
我心中就充满无穷的力量
心儿甜得像蜜
心胸也变得如海洋那样宽广

只要亲爱的妹妹你在我身旁
我就更加坚定自己的理想
每走一步都那样坚实有力
眼前的道路也忽然变得分外宽敞

只要亲爱的妹妹你在我身旁
生活总是充满阳光
每天都像春天
就是冬天的雪花也会散发甜蜜的芬芳

只要亲爱的妹妹你在我身旁
我们就实现了牛郎织女千年的梦想
每一寸山河都是锦绣风光
人间永远是神仙都向往的最美天堂

青春献诗（十二）

像花朵那样纵情绽放
像蜜蜂热恋着甜蜜的花香
我想倾尽自己所有的宝藏
和你轰轰烈烈地相爱一场
用我们的青春和智慧携手创造无限甜美的
爱情
超越世上所有的蜜糖

像月光迷恋着宽广的海洋
像海洋迷恋着清幽的月光[①]
在这无限美好的世界上
我要用自己青春的激情
和你旷古未有地相爱一场
携手创造我们的爱情童话
创造人间最美的爱的天堂

① 化用刘半农《教我如何不想她》诗句，原句“月光恋爱着海洋，海洋恋爱着月光”。

像太阳热情放射万丈光芒
像地球激烈迸射滚烫的岩浆
我要敞开男人热烈的胸膛
和你惊天动地地相爱一场
要爱　我们就爱他个天长地久
要爱　我们就爱他个地久天长

后记

一个人静静为你写诗

世事变迁，万古不变的是人类美好的爱情。

古今中外，不知留下多少脍炙人口的歌咏爱情的诗篇："入我相思门，知我相思苦。（李白《三五七言》）""曾经沧海难为水，除却巫山不是云。（元稹《离思五首·其四》）""情若连环，恨如流水，甚时是休。也不须惊怪，沈郎易瘦，也不须惊怪，潘鬓先愁。总是难禁，许多魔难，奈好事教人不自由。空追想，念前欢杳杳，后会悠悠。（苏轼《沁园春·情若连环》）""一生一代一双人，争教两处销魂。相思相望不相亲，天为谁春。（纳兰性德《画堂春·一生一代一双人》）""让我与你握别，再轻轻抽出我的手，知道思念从此生根，浮云白日　山川庄严温柔……（席慕蓉《渡口》）""你有你的铜枝铁干，像刀，像剑，也像戟；我有我红硕的花朵，像沉重的叹息，又像英勇的火炬。我们分担寒潮、风雷、霹雳；我们共享雾霭、流岚、虹霓。仿佛永远分离，却又终身相依……（舒婷《致橡树》）""哦，决不！爱是亘古长明的塔灯，它定睛望着风暴却兀不为动；爱又是指引迷舟的一颗恒星，你可量它多高，它所值却无穷。（莎士比亚《十四行诗第116首》）”“世界上最遥远的距离，不是我不能说我爱你，而是想你痛彻心脾，却只能深埋心底……（泰戈尔《世界上最遥远的距离》）”“我是怎样地爱你？诉不尽万语千言：我爱你的程度是那样地高深和广远，恰似我的灵魂曾飞到了九天与黄泉，去探索人生的奥妙，和神灵的恩典……（勃朗宁夫人《我是怎样地爱你》）”……这些优美的诗篇为我们提供了无尽的精神营养，创造了无限激情。

可以说，我们生活中不能没有情诗，特别是恋爱中的人们。

作为一名文学爱好者，我只能在工作之余，抓住有限空余时间，尽情释放工作中的重负，在隽永的文字中憧憬美好未来，努力实现我的写作理想。为了节约更多业余时间，工作中，我每次都是尽快努力完成，之后一头扎入文学的海洋中，在古今中外优秀文学作品中畅游。为了写出更好的作品，我可谓刻苦攻读了许多名家名篇，博采众长，写一些青春励志抒情诗歌及其他作品。岁月荏苒，春华秋实。随着时间的推移，我写了不少青春励志抒情诗歌和爱情诗歌。这时，有几位读者建议我把这些诗作单独编辑出版。于是，我在整理青春励志抒情诗歌之时，同时整理了多年来写作的爱情诗歌，竟然还保存有二百七十余首，经过筛选，分别编为《青春锦书（上）》和《青春锦书（下）》。

辛勤写作苦，不知岁月长。白天努力工作，可白大的一次别离或一次重逢，晚上的默默静读、辛勤写作或独自思念，特别是春天百花烂漫时的甜蜜岁月、夏天火热季节的缱绻缠绵、秋天果实成熟时的美好回忆、冬天梅花绽放时的无限憧憬……都以各种刻骨铭心的情怀，脉脉深情地注入我的笔端……我庆幸遇到美丽善良的你，也无怨无悔、甜蜜幸福地回想起每一次灵感来临的刹那，一个人静静为你写下每一首情诗！

期待各位读者提出宝贵意见和批评！

2023年12月2日于花池

谁使爱情拒绝同诗歌交往，拒绝它的帮助和服务，谁就使爱情失去了最强大的武器。

——蒙田《经验论》

吴万良爱情诗精选之二

青春锦书

Qing Chun Jin Shu

下册

吴万良 著

天津出版传媒集团
百花文艺出版社

图书在版编目（CIP）数据
青春锦书 : 上下 / 吴万良著 . -- 天津 : 百花文艺出版社 , 2025. 2. -- ISBN 978-7-5306-8924-0
Ⅰ . I227.2
中国国家版本馆 CIP 数据核字第 20243LU467 号

青春锦书（上下）
QINGCHUN JINSHU（SHANG XIA）
吴万良　著

出 版 人：薛印胜
责任编辑：魏　青
装帧设计：書點文化
出版发行：百花文艺出版社
地址：天津市和平区西康路 35 号　邮编：300051
电话传真：+86-22-23332651（发行部）
+86-22-23332656（总编室）
+86-22-23332478（邮购部）
网址：http://www.baihuawenyi.com
印刷：四川科德彩色数码科技有限公司
开本：880 毫米 ×1230 毫米　1/32
字数：300 千字
印张：12
版次：2025 年 2 月第 1 版
印次：2025 年 2 月第 1 次
定价：98.00 元（全 2 册）

如有印装质量问题，请与四川科德彩色数码科技有限公司联系调换
地址：成都市郫都区成都现代工业港北片区港北二路 551 号
电话：028-88451797　邮编：610021

自 序

只为你一个人写情诗

任何一个人在成长及至人生旅途中，都或将与爱情不期而遇。

怎样面对爱情？各人有各人的标准。这本诗集表达了我对待爱情的态度——坚定真诚地爱一个人，也一心一意只为一个人写情诗，有诗为证：

只为你一个人写情诗

渴望时光如箭般定格今天早上
我是多么迫不及待地期望
再次郑重表白我心爱的姑娘
嫁给我　做我心中永远的女王

这一刻所有的梅花都欣然绽放
这一刻所有的河流都不愿流淌
这一刻所有的北风都停止喧响
这一刻所有的雪花都热情鼓掌

你那深情地拥抱多么难忘
让我情不自禁热泪盈眶
你那温馨的叮咛不时回响耳旁
让我豪情万丈更加坚定理想

我再也不用站在路口凝望
我心中最美丽的姑娘
我再也不用在想象中的爱情花园里彷徨
从此我们每天都成对成双

只有你能明白为什么在这一瞬间
我忽然变得如钢铁那样坚强
只有你能明白为什么在第一时间
我突然生发这样的奇思异想

我只为你一个人书写爱情的诗章
把我们甜蜜的爱都化成动人的诗行
一百首甚至一千首都不是终极梦想
我要为你写诗直到地老天荒

我不仅坚持只为一个人写情诗，还践行了这样的爱情理想。在三年的时光里，我经历了多少难熬的夜晚和多少痛彻心扉的思念？这本诗集真切地倾诉了我的真情："多少次疯狂思念你的模样／多少次煎熬直至天亮（《亲爱的，你是我心中永远的女王》）”。“梦里梦外曾有无数回／总是不由自主就想你／秋去秋来季节轮回里／不知为你流了多少泪（《爱你无怨无悔》）”。“想你已经不分黑夜白昼／二十四个小时都会把你思念（《向我开战》）”。“就是用智能计算机也怕难计算／我每天思念你有多少遍／你不知道还有多少次思念／我都情不自禁泪流满面（《再看一眼你美若天仙的容颜》）”。“刘德华唱过男人哭吧不是罪／为爱流泪时我肆意妄为（《心甘情愿为你流泪》）”。“无时无刻地想你堪比霜剑风刀／一年三百六十日时时无情折磨（《汹涌相思季（四）》）”……

我始终认为：爱一个人就毫不犹豫地去爱。当我与自己喜欢的女生几次不期而遇之后，一种久违的爱在心中蠢蠢欲动，我对自己喜欢的女生多次表白，在痛苦的思念里，完成了这本《青春锦书（下）》。

我始终认为：对待爱情，始终都要保持着一颗纯真的心；既然真爱对方，就要真诚付出，且不管结局如何，都应无怨无悔。这一理念在这本诗集中有明确的体现：“只要今生和你在一起／历经磨难我无怨无悔（《爱你无怨无悔》）”。“这辈子注定我就这么死心塌地／这辈子只迷恋你我才无怨无悔／这辈子我就喜欢傻傻地为你写诗／这辈子我就这么心甘情愿为你流泪（《心甘情愿为你流泪》）”。“真爱永远无怨无悔／思念明天还会继续／不管经历多少风多少雨／爱你没有终极　想你不会停息（《把我所有的相思都给你》）”……

这次不期而至的爱情是一场单相思，真正的交集只是几次偶然相遇，仅仅握过几次手，所以当写了60余首的时候，再想写出新意，就有了一定的难度，在偶然写了一两首旧体诗词后，我开拓了新的更广阔的创作空间："千亩清波天共碧。鱼跃云中，直是临仙地。孑立黄昏人万里，鸳鸯梦醒犹痴忆。　芦苇丛中双鹭戏。雅榭瑶阶，不解深深意。红袂素莲无法替，更阑依旧情遥寄。（《鹊踏枝·独游某湖遥寄》）""立尽黄昏望远楼，冰轮又上柳梢头。清光不晓离人苦，羌管怎知孤影愁？　思渺渺，念悠悠。相思如水未停流。可期美酒同卿醉，缱绻缠绵永不休。（《鹧鸪天·立尽黄昏望远楼》）"

在尝试写作旧体爱情诗词之初，我对旧体诗词作了简单注解，但由于旧体诗词相较现代诗更为凝练简短，而注解往往需要引经据典，占了很大篇幅，所以我只对少数需要特别注释的地方做了简要叙述。

《青春锦书（下）》中的《为卿十赋鹊踏枝》《为卿十赋如梦令》及《为卿十赋长相思》在"都市头条"APP（应用程序）上传后，阅读量达到十六万余次，点赞四百余次、评论一百余条。

我的写作一直得到华池县文体广电和旅游局各位领导的大力支持，王鹏局长还在百忙之中写了序言，我特别感动。我的同事也一直在支持和帮助我，在此一并致谢！

长期以来，华池县文学艺术界联合会等单位的领导和同志们对我大力帮助、提携，使我受益匪浅；在我忙于准备出版这套诗集时，各位领导和同志们亦不遗余力，增强了我的信心与动力，使本书的付莘更加顺利，在这里表示真诚的感谢！

对于爱情、对于情诗，千言万语也难道尽，凝结为几句诗：

诗歌　虽被很多人轻看

我仍然把诗歌尊为文学的桂冠

我仍然想用一首首诗篇

写下我忠心爱你的每一句誓言

2024 年 1 月 7 日于花池

目 录

CONTENTS

第三辑　青春悸动

第四辑　归心似箭

第五辑　蓦然回首

第六辑　爱的色彩

第七辑　生生世世

第八辑 无怨无悔

第一辑

今生今世

今生今世我们没有误会也不会瞎猜

今生今世我们不会让彼此傻傻等待

今生今世我们不会放过任何浪漫情节

今生今世我们不断演绎无数爱的精彩

——《今生今世》

今生今世，我们一定还做甜蜜恩爱的夫妻

我们是一对举案齐眉的夫妻
只怨我们生活在战争时期
看着我们其中一位忽然中弹倒下
我们立刻面对　不由我们自己决定的生死别离
相拥弥留之际　我们不约而同地说
来生　我们一定还做恩恩爱爱的夫妻

我坚定相信　我们谁都没有忘记
此生此世　我们一定还做恩爱夫妻
只是今生历经风风雨雨的洗礼
我们今天才完全恢复前世的记忆
只是如今现实让我们有点措手不及
我们都面对一个比较尴尬的境地

我坚定相信　此生我们一定还是恩爱夫妻
何必在乎那些世俗的形式和礼仪

我们历经千难万难才终于重逢

难道还要苦苦再等一个世纪

亲爱的　不要退缩不要犹豫不要畏惧

没有唾手可得的幸福　它全靠我们自己努力争取

为了真爱　相信我们都能冲破世俗的藩篱

今生今世　我们一定还做甜蜜恩爱的夫妻

亲爱的，你是我心中永远的女王

曾经无数次想象
有一个才艺绝佳而又善良美貌的姑娘
像前世的约定
款款来到我的身旁

我眼前忽然一亮
那位绝世仙子从天而降[①]
自从爱上你的那一刻
我就把你封为我尊贵的女王

多少次疯狂思念你的模样
多少次煎熬直至天亮
苦苦的等待和期望
一瞬间都化作甜蜜的过往

① 化用我国古代民间四大传说之一《牛郎织女》及黄梅戏《天仙配》等故事或剧情情节。

我火热的激情
犹如沉睡一千年的火山迸发滚烫的岩浆
我激动的泪水
犹如静默一千年的满天星雨倾盆而降

我梦中期盼的姑娘
你像永恒的太阳把我的全世界照亮
我不由大声向全世界宣扬
亲爱的 你是我心中永远的女王

此生，只为你而来

你像红莲在晨雾中静静醒来
我是蜻蜓穿过万水千山觅香采摘
最美的夏天　最美的盛开
美好的世界　为你我彩排

都说前世迷离如梦
今生今世只为你等待
最美季节不许你哭
我为你拂去你心灵的尘埃

都说人间是花花世界
无数神仙下凡而来
万丈红尘因你精彩
我的爱情大道只为你而开

一万年　我为你苦苦等待

亿万年　我们永远相亲相爱

不管经历怎样的风霜雨雪

此生　我只为你而来

今生今世

如果真的还有前世
我们一定非常恩爱
像我们这样一对痴情的人
怎么会不懂爱的精彩

前世的花前月下
我们怎能忘怀
一定是还没有爱够
才让我们今生再次相约而来

今生今世我们没有误会也不会瞎猜
今生今世我们不会让彼此傻傻等待
今生今世我们不会放过任何浪漫情节
今生今世我们不断演绎无数爱的精彩

今生今世十里桃花为你我再度盛开

今生今世我们偿还所有的相思情债

今生今世我们牵手游遍神奇大千世界

今生今世我们携手再创无限美好未来

爱你无怨无悔

终见芙蓉出水的美丽
终见天造地设的神奇
最美夏天惊艳遇到你
最美倩影定格相思季

梦里梦外曾有无数回
总是不由自主就想你
秋去秋来季节轮回里
不知为你流了多少泪

爱你是那么情不自已
爱你是那么全心全意
只要能够和你在一起
我要把你捧在手心里

爱你是那么彻心彻肺
爱你是那么果敢坚毅
只要今生和你在一起
历经磨难我无怨无悔

让全世界都知道

如果我们二十岁相逢
就是错过可能也没什么
毕竟我们人生才刚刚开始
未来的机遇也许还有很多

如果我们三十岁相逢
如果真的错过
也可以这么说
错过了　也许也没多大的错

如果我们四十岁还能相逢
那真是千载难遇的机缘巧合
如果我们还真的相爱
那绝对是天造地设

幸运的你我还等什么

赶紧谢天谢地谢月老

赶紧到处奔走相告

我们的幸福　一定要让全世界都知道

因为我是真心爱你

爱你是那么自然而然
想你是那么失魂落魄
因为我是真心爱你
我情愿忍受相思的折磨

我不时向上天祈祷
让我看清梦中女神的容貌
令我没有想到
你竟然和我想象的完全重合

从我爱上你的那刻起
我每天只刻骨思念我最心爱的你
一心只想做
你最期望爱你的那一个

因为我是真心爱你
我情愿只对你脉脉诉说
因为我是真心爱你
我情不自禁为你写下一首首爱的赞歌

因为我是真心爱你
我对你所有承诺都是真的
因为我是真心爱你
我愿意为你做很多很多

向幸福出发

当我们成长到青春期
爱情开始萌芽
从那时就渴望美好的爱情
期望解开爱情的密码

经过无数风吹雨打
我终于遇到魂牵梦绕的她
无数次想对她说
却不知该如何表达

我问身边的百合花
百合花愉快地回答
沙沙沙　赶紧爱她
不然　爱情花儿就会枯萎

我又问眼前的小河
小河也快乐地回答
哗哗哗　赶紧爱她
不然　明天就会错过

现在幸福就在你我手中
我们为什么不相互交换彼此的爱情密码
我们没有任何理由
不向幸福出发

晨曦照亮我年轻的脸庞

虽然我把你封为我尊贵的女王
但我绝不会失去我的阳刚
我每天都按照自己一贯的要求
尽力塑造你最期待的形象

就像你是我心中永远的女王
我从来都不会放弃心中的理想
摒弃所有幻想背起沉重的行囊
让晨曦每天都照亮我年轻的脸庞

就像你是我心中永远的女王
我心中永远充满金色的阳光
每天按照健康套餐的数量
淬炼灵魂体魄心态年轻身体刚强

就像你是我心中永远的女王
我会不断向书籍和先哲汲取营养
大数据新科技我都会不时造访
眼中始终闪现睿智的光芒

就像你是我心中永远的女王
我始终愈挫愈勇始终坚定信仰
没有什么能够阻挡我迎风破浪
我始终向着梦想勇敢飞翔

第二辑

永世牵手

只要我每天流泪能换你不哭

就是付出再多我也毫不在乎

我这样爱你不管你清不清楚

我只要只要你永远永远都很幸福

——《只要你每天每天都很幸福》

只要你每天每天都很幸福

忽然想起勃朗宁夫人那首
爱着你就足了数
我心里也感同身受
爱着你　真的是一种幸福

不是我这样爱你不知道满足
只是越是爱你我越不想停步
我绝不会对你提出任何要求
既然真心爱你我就甘愿付出

即使每次想起你就泪流不住
就算饱受思念煎熬也不在乎
我这样爱你不管你清不清楚
我只要只要你每天每天都很幸福

只要我每天流泪能换你不哭

就是付出再多我也毫不在乎

我这样爱你不管你清不清楚

我只要只要你永远永远都很幸福

我是那么那么爱你

我是那么那么爱你
已经深入到我的生命里
就是为你写一万首情诗
也不能表达我的全部情意

我是那么那么爱你
就像我探索人生的奥秘
就是付出我的一生
我正好欢天喜地

我是那么那么爱你
就像鱼儿深爱着河水
不　这并不能代表我爱你的意义
我对你的爱比这要胜一万倍

我是那么那么爱你
你的花容才艺心灵都是那么完美
就是我有价值连城的宝贝
也没有亲爱的你珍贵

我是那么那么爱你
早已融入我的生命里
就是我再写一万首情诗
也仍然不能表达我对你的全部情意

永世牵手

我们真的是彼此天造地设的最爱
我们绝不能再有丝毫犹豫徘徊
就像正在绽放的花朵
谁会忍心让花儿停止盛开

我从来都没有刻意安排
只是每一次清晨醒来
都不由开始甜蜜回忆
回忆我们相遇的每一个细节

我绝没有要在你面前卖萌搞怪
只是真不知道该怎样形容你的绝世风采
也不敢正眼去看你那仙姿玉容
只是眼神偶尔扫过你转身时飘起的漂亮裙摆

你是今生七仙女降临凡尘世界
我是今世董永驾车前去迎接
劳斯莱斯幻影穿过环城高架
载你驶进车水马龙的十里长街

那一座座耸入云端的玉楼大厦
是我们前世幻想的今生美宅
我默祷月老今天就让我们牵手
即刻踏入无比幸福生活的节拍

向我开战

我的脑海一定像大海那样宽阔
因为每次想你都会掀起万丈狂澜
想你已经不分黑夜白昼
二十四个小时都会把你思念

虽然太多的悲剧让你不相信诺言
我只想用我的爱心让你重回初恋
也许你见过很多追求者的优秀表演
唯独没见过像我这般在你面前拼命展示自己的缺点

内向木讷的我不会蜜语甜言
只会尽力为你创造很多温馨画面
每当你有烦恼的时候尽管无条件向我开战
哪怕我输得一干二净也要赢得你的笑脸

二十四小时的思念

对你的爱我从来没想做丁点隐瞒
也许我对你的真心感动了上天
如今对你绵绵不绝的爱
已经到了二十四小时全天候的思念

如果我们是用真心打开爱的门槛
我觉得真会不止万语千言
即使我已经不断向你倾诉
仍然道不尽我对你的爱恋

聪明的你最近一定发现
几乎每天只要想你的每一刹那间
我都在为你脉脉写爱情的诗篇
我从来都没有这样做过
这是上天和你赐予了我写作的灵感

幸福就这样迅速溢满我的心田

在爱的世界里我永远这样简单

心中始终只有一种坚定的信念

就是在你期望的每一瞬间

都能为你呈现一席精美的爱情盛宴

青春与你永共

万丈红尘花儿岁岁红
怎如我爱你情深血样浓
经历过无数寒雨霜风
铸就我男儿壮志豪情向天冲

花花世界堪比花样红
怎如你我相爱柔情万种
经历过很多别离爱恨
始终珍惜真爱珍重人生

花花世界你比花儿红
万丈红尘任你我情深意浓
不愿荒废岁月如幻梦
只愿青春与你永共潇洒从容

四季如花爱情比花红

盛世繁华你我情意依旧浓

不愿错过人世间美景

风月无边与你共拥不枉此生

我的生活已被你全部占满

别以为其他时间我很悠闲
也别以为我不想给你留言
其实我对你时时刻刻疯狂的思念
早已经如洪水般泛滥
自从爱上你的那一瞬间
我的生活已被你全部占满

我总是担心为你精心准备的留言
会把你的思维和工作打乱
总是担心为你写情诗会给你带来负担
总是担心你没有时间
去看我给你写的留言和诗篇
唯独没有担心你会不理解我的心愿

每次在思念决堤的那一瞬间
我几乎都想大声向你呼喊

亲爱的　我真的非常爱你
我想现在就来到你的身边
从此我们再也不会分离
永远沉醉在你我之间甜蜜的初恋

我知道你会担心我对你的情感
只是一时冲动或热恋时的表现
我想对你说我对爱情始终如一
自从爱上你更是对其他美女都视而不见
如果不是现实生活和工作的局限
我更乐意寸步不离地跟在你身边

不惧任何艰险

也就二十多天没有相见
却恍若相隔很多年
只有你才能激起的山呼海啸般的情感
时不时在我心中掀起万丈狂澜

我不相信真爱的色彩会变
就像我相信真爱总是那么温暖
我不相信面对真爱你会视而不见
就像我相信真爱总是那么甘甜

如果真爱不能带来温暖
自古以来就绝没有爱情可言
如果真爱不能带来甘甜
相信神仙也绝不会偷偷下凡

诚然　真爱要经历过岁月的检验
不仅经历无数明媚春天的浪漫
无数夏天的旖旎无数秋天的斑斓
更要经历无数严酷冬天的淬炼

只是　我们都是自由幸福的小鸟
都向往碧绿的草坪和辽远的蓝天
我们都是极为痴情的人儿
为了追求爱情的浪漫美满
不惧任何挫折任何艰险

没有谁能阻止

没有谁能阻止我们再次相逢
就像没有人能阻止行星的运行
没有谁能阻止我们的心激烈的跳动
就像没有人能阻止丘比特金箭穿过你我心中

每次你走近都仿佛春天降临
携带着春天桃李的清芬
你说我有一颗青春蓬勃的心
其实是我终于遇到了我魂牵梦绕的女神

绝不是春天的风就能够吹动我心
是心爱的你真的牵动了我的灵魂
即使我无法百分之百让你相信
我也会百分之二百继续执着认真

我不问我们的爱什么时候启程

我只管每天默默付出行动

没有谁能阻止这神圣时刻的来临

一对白鸽自由翱翔蔚蓝的天空

第三辑

青春悸动

多么不情愿离开这一方蓝天

在世界的两端

我们举起杯盏相互祝愿

分别只是短暂　相爱却是永远

——《不愿离开这一方蓝天》

用真爱温暖你的永世永生

一直向往那美好甜蜜的爱情
哪怕为此付出一生
与你相逢让我变得更加肯定
有一天我们会幸福牵手甜蜜同行

不再追求那些虚无缥缈的事情
只希望我炽热的真情能让你心动
我从来都没有像现在这样清醒
也从来没有像现在这样意志坚定

我知道我们都追求真实而美好的爱情
相信我们彼此都有一双明亮的眼睛
让你没有任何压力一直都是我的初衷
我想真爱就应该像那自由愉快的旅行

你说我写的文字能温暖整个严冬
就这一句话瞬间让我激情奔涌
其实这只是当初我心愿极小的部分
我始终想用我的真爱和文字温暖你的永世永生

爱情花园

展望世界的飞速发展
不由得想用最先进的智能手段
为像我们一样向往美好爱情的伙伴
打造一座世界最美的爱情花园

当你进入这座仙界阆苑
乘坐直升机所见让你惊为天然
河流道路仿佛金线织成的巨大棋盘
棋盘网格上涌出一座座花坛果山

每一座花坛果山都不一般
奇花异果色彩无比绚烂
反季水果经过智能调温储存保鲜
一年四季新鲜果品从不间断

赶上水果成熟季节还可通过视频挑选
或和爱人一起指挥长臂机器人采摘

采摘完毕制作成自己喜欢的榨汁果干
和亲爱的伴侣一起共进烛光晚餐

果山上有各种商店和博物馆
展示着精美书画项链古玩
果山上常举办各种体育赛事
可以协同伴侣一起向不同赛事挑战

最美的自然是世界情诗博物馆
可以随时把自己写的情诗输入里边
如果能通过智能裁决和几个诗人评判过关
还能列入榜单供人们随时欣赏观看

有些精绝的情诗美篇不仅很快被传为美谈
还会被音乐家谱曲或被书法名家书丹
这里播放和朗诵表演的无不情意绵绵
让你处处都能感受到爱情的无限美好与浪漫

这里有世界上最美的情侣宾馆
还有各种形式的结婚庆典

通过网上提前报名集体参加
活动丰富多彩又为所有情侣省钱

飞机很快飞到世界爱情主题公园
里面陈设世界十大爱情经典
各种雕塑场景和爱情故事一应俱全
一旦进入你一定会被真爱彻底震撼

公园里有一座高大的爱情标志蔚为壮观
原来是金色的丘比特神箭射中的两颗红心
雕塑矗立广场中间
红色的地毯一直铺向爱情大殿
每天都在这里举行盛大集体婚礼庆典

广场后就是世界爱情大厦高耸眼前
我们乘坐的直升机就停在大厦顶端
大厦由两座高楼通过几座彩桥相连
高空鸟瞰仿佛两只漂亮蝴蝶在花间飞旋

除了我们自己穿的漂亮情侣衫

各种古典现代的结婚礼服款款惊艳
绝对把你的女神打扮得美若天仙
就是相貌平平如我也能风度翩翩

…………

这里省略的应该有上万字眼
亲爱的伙伴们可以自行脑补那些美妙画面
都是智能制造智能描画自然无不细腻俨然
我们只管幸福快乐胜过神仙

这里有世界上最美的爱情大厦
这里有世界上最美的各种情花
这里有世界上最美的爱情表达
这里每天都上演着最美的童话

这里有情侣向往的绿茵草坪
这里有你意想不到的柳暗花明
这里有清风轻抚万里氤氲
这里有高山流水永遇知音

这里有世界上最和煦的阳光
这里到处充满着幸福吉祥
这里有你能想到的最美画廊
这里我们的青春永远激情飞扬

这里我们想飞就有智能情侣飞机
这里我们想游就有绝美的洞天福地
这里我们的经历都会留下最美好的回忆
这里有我们永远探索不尽的美丽神奇

这里永远是我们最温馨的港湾
这里是我们永远的心灵家园
这里的每一瞬间都留下我们的爱情盛宴
这里永远留下我们尽情泼墨的绝美画卷

这里有最美的爱情故事永世流传
这里有最美的情人节让你流连忘返
这里我们将创造世界最美的爱情经典
这里是我们永远最美的爱情花园

建立自己最快乐的王国

我们都是彼此生命的过客
不要给自己套上枷锁
如果能给予彼此温暖更好
不能就任他这样经过

人生本来开心的时间就少
没必要再给自己增添烦恼
如果这样真的将你打扰
那肯定都是我的错你不用自责

大千世界真是越来越美好
美好的世界处处伴随着快乐
你只需将这些快乐稍稍整合
就能建立你自己最美丽最快乐的王国

修　缘

虽然相距咫尺却总是犹豫不见
只有每次经过你的单位才不由把脚步放慢
透过大门遥望院落深处你的窗前
想象你的倩影再次激荡我的心田
稍稍释放那从未间断的深深思念

多么艳羡那些神仙般的美眷
多么渴望效仿那些爱情经典
世上美眷是否千年修得共枕眠
还是因为自己的修炼差得很远

庆幸我们能够经常相见
才让我坚信我们今生还是有缘
只是我们的缘分可能还是太浅
即便我们之间还有许多天堑
依然不能阻止我跨越一道道艰险

好多人可能都不完全相信那句名言

我仍会竭力把我们之间的差距缩短

相信会有那么一天

我们修成今世最美满的姻缘

只为你一个人写情诗

渴望时光如箭般定格今天早上
我是多么迫不及待地期望
再次郑重表白我心爱的姑娘
嫁给我　做我心中永远的女王

这一刻所有的梅花都欣然绽放
这一刻所有的河流都不愿流淌
这一刻所有的北风都停止喧响
这一刻所有的雪花都热情鼓掌

你那深情地拥抱多么难忘
让我情不自禁热泪盈眶
你那温馨的叮咛不时回响耳旁
让我豪情万丈更加坚定理想

我再也不用站在路口凝望
我心中最美丽的姑娘
我再也不用在想象中的爱情花园里彷徨
从此我们每天都成对成双

只有你能明白为什么在这一瞬间
我忽然变得如钢铁那样坚强
只有你能明白为什么在第一时间
我突然生发这样的奇思异想

我只为你一个人书写爱情的诗章
把我们甜蜜的爱都化成动人的诗行
一百首甚至一千首都不是终极梦想
我要为你写诗直到地老天荒

许你永世永生

每每想起我们的相逢相识
仿若缕缕清泉在我心头流动
你优雅芬芳的神韵
摇曳我魂牵梦绕的深情

每当我轻轻闭上眼睛
心里全是你盈盈倩影
每当我遥思憧憬
都是绚丽缤纷的美景

即使是今年这样凛冽的严冬
我心里也一直没有感到丝毫寒冷
你若一朵绮丽的牡丹永开我心中
永远带给我春天般芬芳和煦的暖风

阿基米德说过

给我一根杠杆　我可以把地球撬动

亲爱的姑娘　给你我的爱情

我一定给你幸福美满的永世永生

青春悸动

仿佛山呼海啸般澎湃汹涌
仿佛火山爆发般炽烈升腾
你优雅芬芳的神韵
再次激发我青春猛烈的悸动

如今的时代多么绚丽缤纷
处处都是旖旎绮美的风景
当我们再次感受到美妙的青春
任谁都会激情奔涌热血沸腾

当我们再次感受到美妙的青春悸动
我们会把曾经所有的错误都一一纠正
改变曾经的错误思维曾经的无知懵懂
所有的做法都向那最美好的方向前行

我眼里已经没有春夏秋冬
只有永远芬芳和煦的春风
我眼里已经没有百花的清芬
只有你这一朵绮丽的牡丹永开我心中

我不需要阿基米德的那一根杠杆
我现在就可以把地球甚至宇宙感动
只要我们拥有美好的爱情
就拥有奇美无比的永世永生

再看一眼你美若天仙的容颜

就是用智能计算机也怕难计算
我每天思念你有多少遍
你不知道还有多少次思念
我都情不自禁泪流满面

可今天一别就得三十多天
两个人一个地北一个天南
多么想在分别前能看你一眼
为此就在几天之前我就辗转无眠

得知我们今天能够相见
激动得我热泪不由溢满眼帘

亲爱的请让我再多看你一眼
再看一眼你美若天仙的容颜

不愿离开这一方蓝天

多么不情愿离开这一方蓝天
再回首我已忍不住泪如泉涌
一步一回头只想再看你一眼
无奈高楼群山挡住了我的视线

多么不情愿离开这一方蓝天
相思不减反而愈来愈剧烈地上演
愿思念的苦楚修来今生的良缘
任地北天南种满我深深的思念

多么不情愿离开这一方蓝天
只期盼你多多保重健康平安
我早已经习惯分别
在思念中和星星明月相伴

多么不情愿离开这一方蓝天

在世界的两端

我们举起杯盏相互祝愿

分别只是短暂　相爱却是永远

第四辑

归心似箭

真爱永远无怨无悔

思念明天还会继续

不管经历多少风多少雨

爱你没有终极　想你不会停息

——《把我所有的相思都给你》

你的留言总是那么温暖

一路向南离你越来越远
心猛然间如坠冰窟愈行愈寒
望着窗外波涛般起伏的群峦
眼泪再一次模糊了我的双眼

这次分别是否会激荡你的心田
如果我们此刻能够穿越相见
你是否会毫不犹豫
与我永远亲密相伴

虽然我们已经远隔万水千山
谁又能够阻隔我绵绵不绝的期盼
即使让神仙再搬来万重山峦
也始终无法把我的思念隔断

你的留言句句是那么温暖

让我痛楚的心灵瞬间阴转晴天

感谢新科技让我用 5G 速度相传

时时升起的对你刻骨铭心的思念

捧着你的照片入眠

送别一路连绵不绝的群山和平原
一座座摩天琼楼不断涌入眼帘
这些都如电影放映般渐去渐远
只有你美若天仙的容颜定格眼前

也许从爱上你的第一时间
亲爱的你就成为我永远的眷恋
也许从向往美好爱情的那一天
你也成为我心中一种坚定的信念

当陌生城市的冷风刮过我的脸
思念依旧不期而至如洪水样泛滥
当万家灯火渐渐阑珊
我总是用双手紧紧捧着你的照片

每次想你的时候我都不由这样痴痴地看
然后将照片紧紧压在自己胸前
所有美好的片段就这样不断涌现
每个夜晚我都是这样捧着你的照片入眠

这辈子我就爱上个你

为什么相距不远
却仿佛远隔千山万水
还没擦干昨日分别的眼泪
今天的相思已若洪峰再次决堤

你就是那朵绮丽的牡丹暖暖开在我心底
一个冬季我都未曾感觉到丝毫寒意
突如其来的这场别离
一刹那间寒彻我心扉

那么多的相偎相依
为什么不是我和你
那么多的卿卿我我
为什么和你我没有关系

这辈子我就爱上个你

就算没有这次别离

我也时时刻刻都想你

独自边喝边想任凭泪蛋蛋掉在酒杯杯里[①]

① 化用歌曲《泪蛋蛋掉在酒杯杯里》歌词词句："泪蛋蛋掉在酒杯杯里。"

谁也无法代替

那句话一说出口我就开始后悔
现在我郑重宣布我要收回
亲爱的你要有心理准备
我爱你始终如一永不放弃

当时说出那句话之后我就不停流泪
锥心似的疼痛已不知经历多少回
我的世界忽然坍塌到昏天黑地
才知道自己死活都离不开你

你清楚我说那句话实在情非得已
奇怪的是当我决定收回的时候疼痛忽然平息
你在我心中女王的地位谁也无法代替
我坚定不移将追求我们美好的爱情进行到底

请你不要有任何顾虑任何压力

无论什么结局我都担当得起

只请你允许我这样为你一直写诗

只请你允许我就这样永远爱你

心甘情愿为你流泪

今生一场极其美丽的相遇
是你这位绝世仙子降临我的领地
曼妙长裙飘逸出世间绚丽完美
让我不时痴迷地爱你思念你

思念就像家乡小河水从来没停息
思念又像燃烧的红烛身不由己流泪
自从爱上你历经多少相思季
让我更深地懂得爱情的珍贵

刘德华唱过男人哭吧不是罪
为爱流泪时我肆意妄为
坦坦荡荡思念心爱的人儿我不用顾忌
只想痴迷爱你才不枉人世走一回

像蜜蜂不管山尖平地辛勤采花酿蜜[①]
为了甜蜜爱情我情愿辛苦追寻千万里
像烟花奋不顾身飞向天际
我也倾尽一切追寻爱情永远的绚丽

这辈子注定我就这么死心塌地
这辈子只迷恋你我才无怨无悔
这辈子我就喜欢傻傻地为你写诗
这辈子我就这么心甘情愿为你流泪

① 化用（唐）罗隐诗句“不论平地与山尖，无限风光尽被占。”主要取蜜蜂辛勤采花酿蜜之意。

悸动相思季

自从那天别离想你从没停息
不知不觉再次陷入漫长相思季
走走站站满脑子都是你
想你　我都忘了我自己

每一次想你都是那么情难自已
直到昨天你的留言给予我莫大的鼓励和安慰
我不想过度解读表情符号的含义
我只知道那是你给予我的最大动力

一个小小表情符号是那么提气
瞬间让我信心百倍英勇无敌
我仿佛一位出征的勇士
冲锋陷阵　所向披靡

一个小小表情符号是那么提气
从而改变了新相思季的轨迹
从昨天开始相思基本不再流泪
无论行动和思想平添许多勇气和刚毅

一个小小表情符号仿佛新研发动机
让我除了想你还想做出很多成绩
每天的行动都变得井然有序
悸动相思季显示出非凡意义

柔情似水也不失我男儿豪气

想你时不由自主地流泪
那是爱情方面我男儿的柔情似水
作为男儿另一面是言如铁行如钢
如军人般尽显男儿威武锐气

别人只看到我柔弱委靡
那只是我对外内敛的一种行为
这种常年日积月累不断内蓄
该爆发时方显我男儿独有魅力

多点进击实力不足自然徒劳无力
集中力量突破方能成功突击
为了心中的理想和心爱的你
我已将不该有的踌躇放弃

你像冰洁的寒梅再无花儿能够比拟

为了爱情我已拼尽全力

对你永远柔情似水

也永不失我男儿豪气

归心似箭

虽然归来我们可能还难相见
毕竟离你不再那么遥远
一旦确定出发时间心绪已经全乱
只管把行李收拾一遍又一遍

来不及向众伙伴饯别留恋
也顾不上和小鸟们说声再见
背起行囊跨出庭院
企盼回程列车早早进站

车儿也知道我此刻归心似箭
准点到来带上我和我所有的思念
启程的那一刻我心花怒放
随着车轮向前愈加灿烂

来时的万水千山依然那么壮观
我只想紧紧闭上双眼让心跳变慢
思念的泪儿顷刻充满眼眶
你娇美的容颜不断闪现

从心中发送的那么多邮件
你是否感受到我深深的思念
写给你的那么多首诗篇和留言
离别之后你是否会重新一一再看

车儿知道我此刻已归心似箭
一路疾行向北离你越近心越温暖
不需明月相照只需一阵风驰电掣
届时我们就可相约春光共醉华年

把我所有的相思都给你

已经有多少日的别离
漫长的相思季盼不到归期
见你一面还真不容易
今天就让我把所有相思都寄给你

窗外的雪花尽情展示自己的美丽
仍比不过我心中娇艳的寒梅
她在漫天飞雪中傲然挺立
陪我度过最凄美的相思季

真爱永远无怨无悔
思念明天还会继续
不管经历多少风多少雨
爱你没有终极　想你不会停息

第五辑

蓦然回首

四季风都知道我在风里曾有多少次想你

四季雨也晓得我有多少次在雨中想你流泪

这次为了挽留你我把所有花儿都已得罪

尽管我知道这样爱你很累但我无怨无悔

——《汹涌相思季（五）》

春天已到我身边

当久别重逢见到你的第一眼
所有的思念仿佛都烟消云散
当我抬头再次看到你俊俏的脸
一股暖暖的春风拂到我胸前

虽然没有盛装也没有红地毯
只是两个相熟人儿的普通相见
佳人依旧那么娇艳依然巧笑嫣然
两个甜甜的酒窝让我永久迷恋

我只是比往日大胆多看了你几眼
赶紧转过头心里还是那么慌乱
把所谓的想见你的正事全部办完
不由一边抬头看你一边和你聊天

多么感谢上苍安排我们再次相见
你爱或者不爱我我爱你只增不减①
也许我可能还是无法把你手牵
每次能握你的手永远温馨甘甜

匆匆告别不知何时再见
转身那一刻我又忍不住泪溢眼帘
出了门外面还是那么地冻天寒
只是你永驻我心里春天已到我身边

① 化用仓央嘉措《见与不见》诗句："你爱，或者不爱我／爱就在那里／不增不减。"

再次美丽的相遇

为了今天我们再次美丽的相遇
你不知道我做了多少准备
今天你将曼妙长裙变成了潇洒的风衣
仿若娇艳的美人蕉亭亭玉立

这并不是情人眼里出西施
你的品德才貌样样分外优异
我的心怦怦直跳
仿佛要飞到天际

办完正事我找话题与你闲聊几句
尽量延长我们的相聚
多希望这甜蜜的时刻能一直持续
但工作不容我们违反纪律

我赶紧伸手与你相握告别

转身那一刻再也忍不住眼泪

回首看了一眼忙于工作的你

我知道这一别又将开启更加汹涌的相思季

汹涌相思季（一）

——期盼你的留言早点平缓我的思念

仿佛每天都经过精准计算
每到凌晨四点醒来再也无法入眠
你绰约的风姿准时萦绕我的眼帘
不断掀起思念之海波滚浪翻

知心的话儿虽然万语千言
只是现在怎么忍心打扰你的香眠
就连时间也偏向你时常把我考验
再次故意把自己的脚步放慢

思念焦虑时几乎要把自己榨干
但只要看到你的留言思念就渐渐平缓
你那美好的留言已被我全部写入诗篇
是她们帮我度过一个个难关

此刻沉浸在漫无边际的思念深潭
只能翻看你前面的留言一遍又一遍
期盼尽快发给你这首诗看到你的留言
以早点平缓我不断汹涌翻滚的思念

汹涌相思季（二）

——我不要你用留言安慰我

早已感觉到从我们分别的那一刻
我会坠入深深思念你的漩涡
我只是凭借自己那种强烈的直觉
因为你不知道我爱你早已深不可测

当我看到你留言时我不知所措
我不知道我是该快乐还是难过
快乐的是有你这样的朋友真心帮我解脱
难过的是你只想用留言安慰我

你每次看到我思念你那么难过
我知道你是想全力帮我走出困惑
其实你知道这决不是我想要的结果
我想让你抛弃一切犹豫作出正确抉择

我想我一定是中了你的计策
但是亲爱的你决不能这么做
你越是这么安慰劝说
我就会越来越深陷入爱你的漩涡

鱼和熊掌从来都不能兼得
朋友和爱情只能有一种选择
亲爱的我不要你用留言安慰我
用你的智慧你该知道怎么做

汹涌相思季（三）

——啥时候都放不下你

每当万籁俱寂夜越深越黑
爱的世界也显得越来越神秘
想你也仿佛被神秘力量支配
忽然如潮汐那样汹涌不息

自从爱上你啥时候都放不下你
夜深人静想你更是毫无顾忌
我的心急不可耐地飞出窗棂走南闯北
徜徉在你白天黑夜所有必经之地

心里也会不停发出想你的邮件给你
甚至想今夜就能闯进你的梦里
我是那么深爱你请你不要有所顾忌和压力
我只想给你最真的爱给你最多呵护和惊喜

奇异的大千世界孕育了无数神奇

美好的爱情更是绮美无比

我们只有鼓起天大的勇气辛勤探秘

才能把最甜蜜的爱情掌握在自己手里

汹涌相思季（四）

——你到底爱没爱过我

无时无刻地想你堪比霜剑风刀
一年三百六十日时时无情折磨[1]
永开不败的花儿铺遍相思的山坡
谁能算清这些相思的花朵有多少

自从爱上你我就魂不守舍
一首接一首写不尽相思的诗歌
我不在乎写深爱你的诗儿有多少
我只想知道你想没想过我

滚滚红尘曾有多少人擦肩而过
像我这样爱你的绝对只有我一个

① 化用清代曹雪芹著《红楼梦》第二十七回中女主角林黛玉所吟诵的一首古体诗《葬花吟》中诗句：“一年三百六十日，风刀霜剑严相逼。”

虽然你曾经说过我们不适合
可我还是这么真心爱你不计结果

真爱你从来不会计算付出多少
我情愿付出只为证明我真心爱过
想你爱你是多是少你应该知道
我只想问你你到底爱没爱过我

汹涌相思季（五）

——只为你沉醉

虽然一直用花把你比拟
其实所有花儿都没你美
每次见到你都仿若醇酒一杯
清雅的芬芳至今仍令我沉醉

四季风都知道我在风里曾有多少次想你
四季雨也晓得我有多少次在雨中想你流泪
这次为了挽留你我把所有花儿都已得罪
尽管我知道这样爱你很累但我无怨无悔

这辈子我就是这么爱你
这辈子我只为你一个人沉醉
多么期盼你能把那句留言收回
让我继续这样为你写诗继续这样爱你

世界上最悲催的事情之一

莫过于明明知道悲剧的结局

却还要为我心中永远的女王一边写诗一边流泪

就这么写几句却没人知道我流泪多少回

汹涌相思季（六）

——让我再痴痴看一回你娇美的容颜

一看到你那句果决的留言
任谁都如坠深渊浑身冰寒
一个下午眼泪和雨雪不停纠缠
夜晚来临继续痴心想你心无杂念

那句留言我也不知道看了多少遍
心内仿佛斧斫刀砍血流不断
一任血泪飞溅却又忍不住不看
今晚注定我苦苦思恋你彻夜无眠

看了留言又忍不住看你的照片
思念依旧潮水般淹没我的心田
一任为你写的诗一首首映入眼帘
因为今后今后再也无法续写下篇

任凭你的倩影不断摇曳我的心弦
任凭四十多首的深情缠绵你说无缘就无缘
任凭昨天冰冷的雪雨继续打湿我的眼帘
今晚只有这无言的孤灯陪伴我孤苦的思恋

边读诗边看你的留言照片不管泪流多少遍
一次又一次思念掀起无限狂澜
明天我就要忍痛割断这不舍的情缘
就让我今晚再看一眼你娇美的容颜

汹涌相思季（七）

——一夜相思如雨（大结局）

昨天雪花还在飞小雨还在流泪
今天阳光却是那么明媚
不经意看到朋友圈发的迎春花开的消息
春光越美越是不由自主想起美若寒梅的你

高挑的倩影如水莲花般娇羞玉立[1]
漂亮的长裙恍若下凡仙子飘飘欲飞
每次看到你都是那么美
每次想起你都让我沉醉

可昨天无情的留言让我心全碎
想再为你写诗情思已枯萎
一直看着你的留言一夜未入睡
一夜相思如雨晨起都成灰

① 化用现代诗人徐志摩《沙扬娜拉　十八——赠日本女郎》中诗句：“最是那一低头的温柔，象一朵水莲花不胜凉风的娇羞。”

曾经多少美好憧憬和回忆
如今仿佛东流水一去不复回[①]
还有多少次每每想起你的美
回回诗絮纷飞痴心为你醉

欲借百花盛开春光妩媚
为你接着续写花开相思季
如今故事已经匆匆结局
所有规划所有诗绪全都了无意义

① 化用唐李白《将敬酒》诗句“君不见黄河之水天上来，奔流到海不复回”及明代文学家杨慎所作《廿一史弹词》第三段《说秦汉》的开场词《临江仙·滚滚长江东逝水》词句“滚滚长江东逝水，浪花淘尽英雄”，该词后被后毛宗岗父子评刻《三国演义》时将其放在卷首。

第六辑

爱的色彩

一万年会有多少风云变幻

决然忘不掉你如花的容颜

一万年不知会为你续写多少诗篇

是否会有几句缠绵的诗句依然萦绕你的耳边

——《稍微缓解我浓浓的思念》

如果你不幸福，就请回到我身边

不是我不够坚定勇敢
一切都只为了你自由幸福每一天
为此我情愿付出一切也无悔无怨
就连送你一句祝福也争取唯美温暖

知道你总是那么坚强果敢
可谁强硬的外表下没有心酸
何况你一个瘦弱女生的嫩肩
怎能把沉重的世事全部承担

不要逃避自己对美好生活的追求
向往幸福是每个人的自由
该放下的就要毫不犹豫放手
轻轻松松才是每个人该拥有的生活节奏

总是祈愿无论怎样的夜晚你都不会孤独
无论怎样的清晨你都沐浴崭新的幸福
无论遇到什么挫折你都会得到激励和帮助
前程似锦的事业上你每天都收获新的进步

真心期望你永远那么坚强勇敢
敢于向世俗的藩篱挑战
世界上没有什么过不去的坎
如果你真的不幸福就请回到我身边

即使走过万水千山[①]

你在那么忙碌的工作期间
也总是不忘及时回复我的留言
你那金子般善良的心念
总是不忘激励我走出阴霾的昨天

美好的回忆始终那么新鲜
已分门别类存储在我的记忆博物馆
该铭记的永远铭记我的心田
该感恩的我努力付出千倍偿还

感恩我们曾经能够遇见
感恩你给予的每一份温暖
感恩艰难的日子有你相伴
感恩岁月静好岁岁年年

① 唯一一首为我心中的女王曾经写的友情诗。

感恩的话语万万千千

祝福你永远幸福美满四季平安

即使走过万水千山

感恩的心永远永远不会改变

稍微缓解我浓浓的思念

多少次强忍不和你相见和留言
可谁知晓我心灵真正的期盼
毕竟有些事才能与你相见
再见你绝美容颜依旧似仙女下凡

窗外月季格桑绚烂天空蔚蓝
却已不复昨日云烟
相似的场景相熟的房间
难道仅仅只是为了我们的再次遇见

一万年会有多少风云变幻
决然忘不掉你如花的容颜
一万年不知会为你续写多少诗篇
是否会有几句缠绵的诗句依然萦绕你的耳边

亲爱的和你相见

只是稍微缓解我对你浓浓的思念

山高水远风轻云淡

依旧能够与你相见幸而无憾

七夕忆偶然相见感吟

相思渺渺几回消？

七夕方能会鹊桥。

海誓山盟终不悔，

柔情岁岁念今朝。

情愿尝遍所有思念你的苦辣酸甜

即便一万年岁月变迁
也永远不会忘记你娇美的容颜
虽然一直强忍不和你相见
偶然还是听从心灵的召唤

今天　我要不顾一切紧盯你的双眼
把你如花的容颜再次铭刻我的心田
你不知道多少次在见你和不见你之前
我眼前百花丛中你始终如牡丹般璀璨娇艳

还是像爱上你之后的每次相见
心里总是那么忐忑不安
但只要一看到你依旧那么娇俏嫣然
心里不由荡起丝丝甘甜

你也知道我们并不是无缘无故才能见面

虽然我不相信这就是我们永世的缘
匆匆相见总为办理公务
竟然忘了来时雄心勃勃的心愿

看着你的工作一件紧接一件
我话到嘴边却又哑口无言
强忍胸内激荡起无限波澜
勉力抬头迅即扫过你花仙子般娇媚的容颜

紧紧握别你纤纤玉手是那么温馨柔软
一步一回头直到看不见那裙摆飘飘如莲
岁月从容年复一年
我情愿尝遍所有思念你的苦辣酸甜

爱的色彩永远不变

记不清多少次登高望远
你所在的方位总是第一个映入眼帘
记不清多少次轻闭双眼
脑海中总是浮现你仙子般娇美的容颜

天空依旧如水洗过一样湛蓝
树木的枝端到处晶莹璀璨
无论季节的颜色怎样变换
我追求真爱的执着和爱的色彩永远不变

一次次夜晚想你焦灼不安彻夜无眠
坚定了我追求美好爱情的信念
一次次热血汹涌澎湃激发着我
男儿在爱的路上依然要披荆斩棘勇往直前

眼望那队队南飞的大雁

再次恳请捎上寄给你的这一封封邮件

在这硕果累累的秋天

我收获的不仅有对你沉甸甸的思念

还有对爱的坚定执着和勇敢

七绝二首

雁字回时

漫步秋风心不闲，绵绵思念过千山。
频频嘱咐南飞雁，还寄锦书到那关。

芳华如玉

几次重逢非梦中，芳华如玉惹情浓。
俱来都是痴情种，不负今生不负卿！

想你从来都没停

谁心中没有美梦
我的美梦就是我们都向往的美好爱情
自从爱上你的那一瞬
想你从来都没停

像储存的美酒时间愈久香味愈浓
只有经历很多雨雪霜风
才更深懂得什么是真正甜蜜的爱情
真爱也许并不需要海誓山盟
但我知道真爱必须情深义重

那天你陪领导多处督察忙个不停
却还记着普通如我的小事情
在凉爽秋风中等心爱的你心里好高兴
心内荡起丝丝甜蜜和感动久久也不能平静

再次见你依然如出水芙蓉
我不敢抬头看你只认真聆听你的仔
细叮咛
喜欢你对工作总是那么认真
更爱你如莲花般出污泥而不染的品行

你所有的美好都珍藏我心中
每每忆起都令我心动
不管还要经历多少思念你的痛
我都会毫不犹豫继续追梦

迎面不断吹来寒冷的风
再冷也无法冷却我的热情
不管还要经历多少春夏秋冬
你永远都是我最美最真的梦

分别第十三天

才分别了两三天
就又在翘首以盼
多么想即刻见到你
哪怕如往日那般普通的相见
最终理智压下一次次强烈的欲念

每天都在扳着手指计算
今天已是分别第十三天
每天都是思念加思念还加思念
可是为了不影响和打扰你
今天再次果断摁下这殷殷期盼

还是如往日那般不时登高望远
只是天已寒已不见南飞的大雁
只好叮嘱远行的风儿
捎上我浓浓的思念
期望快点送到你身边

只管努力付出

（一）

怎么样才是真正美好的爱情
每个人心中都会不尽相同
只要是正能量的共同理想共同追求
都会使爱情变得更加美好神圣

寒冷的西北风不仅送来了严冬
还有创造的智慧和激情
因为我们共同追求光明
从而携手奋进无惧漫漫征程

满怀理想的我们从不甘平庸
可我们原来只会按部就班前行
从感人事迹到勉励奋进的诗句
再次激发我们对美好未来的憧憬

真正的爱情自然只有时光才能证明
我们共同的奋斗目标和历程也可以佐证
虽然从未携手奋进但我们相互激励
依然开启了我们生命崭新的征程

（二）

我从没有放弃追求我们美好的爱情
很多时候都是因为考虑你的处境
祝福希望你幸福是我永远的初衷
只要你幸福我会遵从你的所有决定

我知道你能分清孰轻孰重
我也知道爱情友情很难取得双赢
就如你说过一切都随缘分
虽然我最希望我们能相互深爱水到渠成

也曾相信缘分是上天注定
但更相信我们自己雪亮的眼睛
不管风雨前景只管追求美好的爱情
只管努力付出不在乎能否缘定终生

第七辑

生生世世

多少三百六十五个绚丽的花环

连成我们生生世世最美的心愿

无论何时睁眼都是彼此灿烂的笑脸

无论是谁拉着谁的手都是甜蜜浪漫

——《生生世世的情话》

心中那道最美的彩虹

像晴空突然出现一道美丽的彩虹
很远很远就看到一道靓丽的身影
绝美娇容刹那惊艳了时空
这颗心不由再次激烈地跳动

曾经往日多少柔情月光下多少美梦
突然像三峡泄洪般尽情喷涌
紧紧盯着远方不愿再眨眼睛
只怕下一瞬就看不到你的倩影

担心别人看到我怪异的表情
轻轻走来走去　却始终
目不转睛盯着你的一举一动
一直都想知道我们的命运到底由谁决定
为什么只有你才能走进我的生命中

亲爱的此刻你可感受到我滚烫的目光
你可感受到我火山爆发般不断激升的热情
如果不是想到你的处境
我定会不顾一切冲向你
就像飞蛾奋不顾身
冲向火丛

多么渴望我们能尽快再度重逢
哪怕只是握握手看看你亮晶晶的眼睛
你永远都是我心中最美的彩虹
即使再过亿万年也绝不会错认那道绝美的
身影

实在太想你的时候

实在太想你的时候不知道该怎么办
情不自禁打开你的照片
一遍又一遍翻来覆去地看
怎么也看不够你花仙子般娇美的容颜

实在太想你的时候不知道该怎么办
看了照片又打开你的微信空间
一边仔仔细细浏览
一边心疼你忙碌工作又没得闲

实在太想你的时候不知道该怎么办
只好一次又一次登高望远
惆怅隔断我们的不仅有水有山还有高楼和云烟
万般无奈只好闭上双眼想你如花的容颜

实在太想你的时候不知道该怎么办

登高归来照片空间全都浏览一遍

又反复读写给你的诗篇

不由再次含泪写下对你绵绵不绝的思念

严冬最温暖的一天

今天已经是分别第五十六天
终于让我再次见到了花仙子下凡
仿佛真的提着花篮
馨香郁郁风采款款

这也不是我们分别最长的时间
却仍然仿佛已隔千年
曾经多少刻骨铭心的思念
虽然全未烟消云散却也分外温暖

这是我积蓄五十六天的渴盼
才赢来的一次难得的相见
这是我的虔诚和善良感动了你和上天
也才赢来这冥冥之中的必然

可是我仍然不敢直视你如花的容颜
只是愉快享受我们在一起的每一秒时间

你做工作一直那样干练
不知不觉很快做完
工作能和心爱的人儿并肩承办
心里如吃蜂蜜一样甘甜

从来只羡鸳鸯不羡仙
也真心祈愿天下有情人终成美眷
愉快的相遇时光虽然只有几分钟时间
却是这个冬季我最温暖的一天

为卿十赋如梦令

1. 如梦令·相见常常难兑

相见常常难兑，

却道别离容易。

不是爱擎杯，

恍若蝶飞花里。

沉醉！沉醉！

醒后满楼苦味。

2. 如梦令·犹记首握你手

犹记首握你手，

温暖至今依旧。

自此总难眠，

那更酒醒时候。

知否，知否？

情愿为伊消瘦。

3. 如梦令·绚丽烟花频绽（新韵）

绚丽烟花频绽，
醉里相牵红毯。
裙袂步长阶，
直到幸福宝殿。
痴恋！痴恋！
梦醒泪盈双眼。

4. 如梦令·对盏香醪入腹

对盏香醪入腹，
沉醉不知归路。
兴尽晚回眸，
卿在百花深处。
不负！不负！
情满神州古渡！

5. 如梦令 · 无论相离多远

无论相离多远，
无论何时相见。
相遇就为缘，
留下最真情感。
无憾，无憾！
只管金樽添满！

6. 如梦令 · 昨夜春风吹绽

昨夜春风吹绽，
花满小城庭院。
双蝶舞翩迁，
直忆茜裙人面。
思念！思念！
祈祷今春如愿！

7. 如梦令 · 才绽枝头明艳

才绽枝头明艳，
不厌流连还返。
只是像卿卿，
花下尽情思念。
依恋！依恋！
永世永生无怨！

8. 如梦令 · 几次梦中惊现

几次梦中惊现？
重上西楼详看。
泪眼望天涯，
倩影依然难见。
痴念！痴念！
满目飞花零乱！

9. 如梦令·多少玉花飞坠

多少玉花飞坠？
无语黄昏先泪。
逝去尽芳华，
日日谁人憔悴？
迷醉！迷醉！
夜望汝城无寐！

10. 如梦令·砌下落花堆满

砌下落花堆满，
谁叹春光匆返？
傍晚引离尊，
晓月视窗杯乱。
谁愿？谁愿？
欲抚玉琴弦断。

又是分别那么久

上次一别又是分别那么久
一直都在寻找见你的理由
当我说出改天的时候
热泪突然像下雨那样不停地流

你不知道每次看你工作那么忙碌
我都在暗暗为你鼓劲加油
你不知道为了像你那样优秀
我也在暗暗改正不足不懈奋斗

你不知道为了不影响你
我也多次放弃了与你相见的理由
你不知道私下里多少次为你祈求
祝福你永远幸福永远无忧

你不知道多少次想你我走上这条寂寞的小路
路边的花草树木和小鸟都成了我的朋友
你不知道我的思念每天都从晨曦微露到满天星斗
你不知道为了亲爱的你我愿付出我的所有

又一次来到人生选择的路口
又一次我毫不犹豫选择了想和你牵手
什么时候都放不下亲爱的你
每一次错过我都忍不住热泪横流

轮回的思念

早晨我刚睁眼就迎着冷风来到小路边
路边的树儿鸟儿都知道我又要登高望远
树儿呼唤着太阳鸟儿呼唤着春天
只有它们晓得我对你情有多深爱多无怨

亲爱的这美丽的世界多么让人爱恋
高科技的发展让偶然也变成必然
只要我们真心诚意相爱
曾经所有美好的传说我们都可以实现

傍晚迎着冷风我又情不自禁来到小路边
望到繁星满天仍然望不见你如花的容颜
寒冷的西北风越来越刺骨冰寒
一次又一次把我思念的泪儿吹干

我想只有云的衣裳才轻盈温暖

我千方百计都要借一件为亲爱的你御寒

云的信封一定快过普通的邮件

我要用它给心爱的你寄去我轮回的思念

为卿十赋长相思

1. 长相思·过高楼

过高楼，上高楼。
祈愿重逢共白头。
何时牵手游？

别悠悠，爱悠悠。
相遇匆匆不肯留。
相思永未休。

2. 长相思·雪冰寒

雪冰寒，路冰寒。
孤旅飘零泪黯然。
倚窗独自怜。
想今年，盼今年。
盼到年终瘦影单。
甚时牵手还？

3. 长相思·又征程

又征程，踏征程。

叠叠城关孑孑行。

夜深一盏灯。

叹飘蓬，总飘蓬。

孤旅天涯难再逢。

寒更数漏声。

4. 长相思·夜朦胧

夜朦胧，月朦胧。

山水蒙蒙隔几重？

何时可再逢？

遇匆匆，别匆匆。

往事从来都未空。

油然忆玉容。

5. 长相思·盼重逢

盼重逢，未重逢。
梦里呢喃未觉明。
梦醒泪暗零。

雪盈盈，雾盈盈。
万种相思说不清。
千诗未必成。

6. 长相思·忆重逢

忆重逢，想重逢。
雪漫群山路未通。
佳期付酒中。

忆芳容，想芳容。
多少相思飞汝城。
雪花笑我疯。

7. 长相思 · 雪渐融

雪渐融，路渐通。
相见无由望远城。
举杯方晓空。

爱偏生，怨难生。
苦恋经年魂梦同。
鹊桥何岁成？

8. 长相思 · 未重逢

盼重逢，未重逢。
梦里相逢多少重？
卿卿有梦同？

想重逢，难重逢。
无奈相思付梦中。
不妨多几更。

9. 长相思·想一更

想一更，梦一更。
入梦相思偏不成。
更深谁泪盈？

盼星星，望星星。
多少柔情寄那城。
群星能证明。

10. 长相思·奉旨行

奉旨行，领旨行。
百万玉龙下帝城。
东西南北封。

昨愁浓，又愁浓。
关锁千重何处逢？
相思已永恒。

生生世世的情话

过去美好的时光怎能不令我们流连
但我们都在续写自己精彩的今天
想对你说的情话百天百夜也难说完
刻骨铭心的是对你越来越深的思念

为了亲爱的你我也上演倾城之恋
始终倾我所有实现爱你的诺言
想用每一天都编织一个美丽的花环
每个五彩花环都与你的心儿相牵

多少三百六十五个绚丽的花环
连成我们生生世世最美的心愿
无论何时睁眼都是彼此灿烂的笑脸
无论是谁拉着谁的手都是甜蜜浪漫

曾经的情话总是只说了一丁点

生生世世的情话又怎能说完

真爱的天空永远像彩霞那样绚烂

真爱的四季永远像蜂蜜那样甘甜

你知道不知道

虽然经历过无数思念你的煎熬
但深深爱你我从来都没有退缩
我已明白了世上缘分的奇妙
我们相遇只是为了你更加幸福快乐
下决心不让亲爱的你有丝毫烦恼
是我一生的使命你知道不知道

亲爱的你是我心中永远的珍宝
我要倾尽一切把亲爱的你守护好
只要你不开心可以随时向我开炮
这是我曾经一再向你做出的承诺
下决心努力做你永远的开心果
是我一生的任务你知道不知道

每个人都要经历许多艰难挫折
人生的主旋律永远是奋进拼搏

把你人生路上的一切障碍物清除掉
始终帮你鼓励你成功的人永远是我
下决心成为我心中永远的女王侍者
是我一生的担当你知道不知道

真爱永远都是一首欢乐的歌
我愿唱着这首歌陪你到天荒地老
只愿亲爱的你把一切烦恼都丢掉
也请你一定替我把自己照顾好
下决心为你写诗让你永远快乐
是我一生的职责你知道不知道

第八辑

无 怨 无 悔

也不用管天上宫阙今夕何夕

只想感激上天降下如此的美丽

亦不用管滚滚红尘是万丈还是千里

我只想潇潇洒洒爱你一回

——《只想潇潇洒洒爱你一回》

只想潇潇洒洒爱你一回

天空中最美的花儿不停地飞
像一群轻歌曼舞的蝴蝶让人陶醉
一个人独自徜徉在美丽的雪里
总是不由自主想起美若雪花的你

我渴望在每一个冬季
都和你牵手相依
看着雪花纷飞
说着知心的话语

曾经多少次
在这美丽的雪里思你念你
不管雪花为了谁妩媚
我永远为最心爱的你迷醉

也不用管天上宫阙今夕何夕
只想感激上天降下如此的美丽
亦不用管滚滚红尘是万丈还是千里
我只想潇潇洒洒爱你一回

多么想也和苏轼一样乘着风儿飞去[①]
只想飞过高山飞过平地
只想飞到亲爱的你那里
只想在美丽的四季我们永远双栖双飞

① “多么想也和苏轼一样乘着风儿飞去”化用《水调歌头·明月几时有》词中“我欲乘风归去”句。

山花子两首

1. 山花子·万树梨花亮眼眸

万树梨花亮眼眸，
寻芳信步入园游。
如玉玲珑卿样似，绕心头。

莫道冬深寒意骤，
琼英消逝是何由？
今日立春春已到，不消愁？

◎ **附寄：**

愿　心

新春无以赠，遥寄一枝梅。
岁岁春风到，愿心永不违。

2. 山花子·未解相思几度春

未解相思几度春？

夕阳又下暗销魂。

倚遍栏杆肠欲断，望归云。

谁晓离人愁愈甚？

无言斜月照吾门。

寂寞数更烛影乱，举金樽。

采桑子两首

1. 采桑子·梅前想起卿模样

梅前想起卿模样，
不似梅妆。
胜似梅妆。
轻夺花魁第一香。

易安才气正相仿，
牵动柔肠。
总动柔肠。
无怨倾情爱一场。

2. 采桑子·见文友发梅花盛开图感吟

寒英方艳红庭静，
春雪偷零。

泪亦偷零，

寂寞黄昏冷冷风。

层楼总喜冰轮醒，

不再凄清。

无奈凄清，

独对梅兄诉别情。

为卿十赋鹊踏枝

1. 鹊踏枝·冬去春来皆未访

冬去春来皆未访，

微信屏中，祝愿频频讲。

相见无由常怅惘，

朝朝暮暮把卿想。

节日倾杯豪语壮，

不减柔情，依旧情万丈。

一往情深深怎忘？

天荒地老逐年长。

2. 鹊踏枝·晨起鹊鸣真喜降

晨起鹊鸣真喜降，

如梦相逢，摇曳春心荡。

还似往常匆促样，
惊鸿一现人惆怅。

回首娉婷分外靓，
万种柔情，滚滚如波浪。
千里雪峰安可挡？
闹春寅虎无畏闯！

3. 鹊踏枝·澹荡晴空灵鹊舞

澹荡晴空灵鹊舞，
舞暖清风，杨柳还叮嘱。
遥望群芳谁夺目？
倾城倾国频回顾。

脉脉此情春几度？
多少无眠，谁解相思苦？
别后佳人无觅处，
断肠人倚西窗暮。

4. 鹊踏枝 · 春返人间无限好

春返人间无限好。
百媚争娇，最是花王俏。
几次回眸丛里笑，
离人夜夜梦魂绕。

粉蕊琼苞香暗到。
别后犹闻，犹醉香盈袄。
不恨无情生懊恼，
三生莫断相逢少。

5. 鹊踏枝 · 春月春花春总艳

春月春花春总艳，
处处芬芳，蝶舞不知倦。
人面桃花相映现，
年年迷醉时时念。

最美人间谁不恋？
月下花前，春酿频添满。

只愿与卿朝暮伴，
生生世世更无怨。

6. 鹊踏枝·仙袂桃花相映靓

仙袂桃花相映靓。
岁岁相思，岁岁愁千状。
今岁花香谁共赏？
花开日日空痴望。

五十弦翻倾绝唱。
每每黄昏，每每人悲怆。
月色三更窥冷帐，
举樽犹忆卿模样。

7. 鹊踏枝·李白桃红春意重

李白桃红春意重。
处处莺歌，处处春心动。
犹抱琵琶弦未弄，
浓愁杯酒不消痛。

小院梨花香远送。

夜夜良宵，夜夜同谁共?

百赋情诗无处用，

泪如泉涌倾情纵。

8. 鹊踏枝·最忆樱桃樊素口

最忆樱桃樊素口。

那日春寒，轻捋街边柳。

别后堪堪三月久，

相思不尽抛红豆。

昨夜风狂挟雨骤。

彻夜难眠，浊酒长相守。

潘鬓沈腰人又瘦，

卿知怎解相思扣。

9. 鹊踏枝·黯黯春愁期邂逅

黯黯春愁期邂逅。

望断天涯，又抚街边柳。

再度春归谁共守？
春花落尽心伤透。

莫道浓云愁永昼。
夜晚来时，夜夜腰还瘦。
兀自无言人病酒，
新痕旧泪争襟袖。

10. 鹊踏枝·独游某湖遥寄

千亩清波天共碧。
鱼跃云中，直是临仙地。
孑立黄昏人万里，
鸳鸯梦醒犹痴忆。

芦苇丛中双鹭戏。
雅榭瑶阶，不解深深意。
红袂素莲无法替，
更阑依旧情遥寄。

一剪梅两首

1. 一剪梅·昨夜玉花绽丽城

昨夜玉花绽丽城，
瑞气莹莹，仙气莹莹。
曲阑杆外碎琼明，
偶见娉婷，匆别娉婷。

满眼满心都是卿，
情愿多情，无悔多情。
欣然命笔锦书成，
只等春风，不负春风！

2. 一剪梅·极目处飞花夹道扬

极目飞花夹道扬，
春叹离伤，吾叹离伤。

远山渺渺水茫茫，

谁挡罗裳？不见罗裳。

岁岁思卿欲断肠，

依旧情长，无怨情长。

三更寒雨落西窗，

浊酒几觞，清泪几觞。

鹧鸪天·立尽黄昏望远楼

立尽黄昏望远楼，
冰轮又上柳梢头。
清光不晓离人苦，
羌管怎知孤影愁？
思渺渺，念悠悠。
相思如水未停流。
可期美酒同卿醉，
缱绻缠绵永不休。

喝火令·此去关山远

此去关山远，孤篷征北天。
彩笺徐展写留言。
怎忘昨天相见，依旧画中仙。

常信爱情美，乐观总向前。
春来处处美人间。
只愿顺随，只愿梦能圆，
只愿生生世世，岁岁永缠绵。

钗头凤·青春梦

青春梦，相思种。
几番离绪彻心痛。
晨迷惘，昏惆怅。
早铭心上，不停回望。
烫！烫！烫！

痴情纵，流云送。
寂寥时品梅花弄。
泪常淌，酒频上。
深更寒帐，忆卿模样。
想！想！想！

醉花阴·处处琼花春烂漫

处处琼花春烂漫，
蜂蝶年年恋。
垂柳和莺歌，
直醒鸳鸯，戏水涟漪倦。

蒿笋蓼茸春韭煎，
美酒夜光盏。
沉醉我琼楼，
只许情深，永世情缱绻。

后记

很幸运能为你写诗

很幸运能为你写诗，或者说，能为你写诗也是一种幸福！曾在给你写的《只要你每天每天都很幸福》中写道：

忽然想起勃朗宁夫人那首
爱着你就足了数
我心里也感同身受
爱着你　真的是一种幸福
……　……

能像原来那样“爱着你　真的是一种幸福”，能给你写诗也真的是一种幸福！

曾有一个非常美好的愿望，就这样一直为你写下去，相信可以最少编成一本诗集。只可惜……

曾不止一次听到：“爱情没有对错。”歌手温岚的一首歌《爱情没有对错》中唱道：“爱情没有对错，我们勇敢追求。”崔伟立作词作曲的《情火》中也有一句很悲戚但能表达我此刻心情的歌词：“想起昨日甜蜜的承诺，看着今天悲伤的结果；爱的世界没什么对错，原来我们都是过客……”

三年多前，我的确陷入感情绝境……或许是偶然，也或许是必然，去年夏季，我和她再次不期相遇。我们本来就是诗友，但仅仅认识。因为有些事必须经过她，彼此有了较多交集。微信中除了说些需要交流的事，也说些其他。自己的一些心事很少对别人说，却不由说给她听。为了帮我走出困境，她以朋友的身份多次留言鼓励我。她是一个温柔、善良、漂亮的女生，不仅在自己的专业领域是佼佼者，而且诗文特别温婉隽永，我曾是她的崇拜者，而且永远都是。一开始我非正式告诉她，我喜欢她，就遭到了她的拒绝。为了打发时间、度过心劫，在征得她的同意后我开始以她为原型写情诗。中间自己写不下去的时候，就一再要求让她说些暧昧的话，她不得已发过两次表情符号。这自然是一个比较危险的游戏。不知不觉，我渐渐陷入了爱的旋涡。在我发给她第四十二首情诗的时候，她再次明确拒绝。我也觉得故事该结束了，可是对四十二这个数字很不满意，随后，艰难地写了最后三首诗。我知道再多的诗再多的泪也无法把她挽留，她有她心中的春天，正如她写的回诗那样："你和我之间横亘着一个春天……"

可见，我们是朋友间的友谊，且如许多诗中所言"只是两个相熟人儿的普通相见（《春天已到我身边》）"，"难道仅仅只是为了我们的再次遇见（《稍微缓解我浓浓的思念》）"，"哪怕如往日那般普通的相见（《分别第十三天》）"……

爱而不得，未尝不是一种美好；收获了友谊，也是一大幸事。就用下面这首诗作为后记的结束语吧！

爱你我永远无怨无悔

为了追求爱情的甜美
我们寻寻觅觅
如果真遇到自己心仪的那位
相信谁都不会轻易放弃

如果自己心仪的人儿做得很对
我们一定要分外珍惜
眼前的清风明月难以再回
一旦错失自己绝对等于犯罪

爱情从来无所谓错对
就像我遇到心爱的你我就努力去追
即使你始终回避
我已倾力真心爱你无怨无悔